TES OMBRES SUR LES TALONS

DU MÊME AUTEUR

Où vivre, Grasset, 2018. Prix Musanostra.

Des routes, *vu par Anne Gorouben*, Les éditions du Chemin de fer, 2018.

Je dansais, Grasset, 2017. Prix littéraire des Sables d'Olonne.

À la trace, Intervalles, 2016.

Écrire l'apocalypse, *avec Emmanuel Adely, Jean-Pascal Dubost, Patrick Goujon et Éric Pessan*, Joca Seria, 2016.

Qui sont les enfants cachés ?, *collectif, sous la direction de Nathalie Zajde*, Odile Jacob, 2014.

Feu pour feu, Actes Sud, coll. Un endroit où aller, 2014. Prix Littérature-Monde.

Entre autres, 2013, Jérôme Millon éditions.

L'Illégitime, *illustrations de Denis Deprez*, Naïve/coll. Livre d'heures dirigée par Jean Rouaud, 2012.

À défaut d'Amérique, Actes Sud, 2012. Prix Métis des Lycéens.

L'Invention du désir, *vu par Frédéric Pointelet*, Les éditions du Chemin de fer, 2010.

Et qu'on m'emporte, Albin Michel, 2009.

La Mère horizontale, Albin Michel, 2008.

Mort et vie de Lili Riviera, Phébus, 2005 ; Babel, 2014.

Chez eux, Phébus, 2004 ; Babel, 2015.

Les Mémoires d'un arbre, Le Cherche-Midi, 2002.

Léa et les voix, Nicolas Philippe/l'Embarcadère, 2002.

CAROLE ZALBERG

TES OMBRES SUR LES TALONS

roman

BERNARD GRASSET
PARIS

L'auteur tient à remercier le CNL pour
la bourse d'écriture reçue en 2019.

ISBN 978-2-246-82671-2

Aux morts sans visage

Mehdi n'a pas assez vécu pour savoir qu'il meurt. Son dernier souffle, échoué au seuil de sa bouche, n'est que cela, trop court, épaissi de froid, ravalé par l'enfant que sa mère berce encore. Aussi longtemps que le petit corps est tiède dans ses bras, qu'elle lui parle, les protège elle et lui derrière sa voix fêlée mais fervente, tout investie de sa mission d'espoir et d'attention, elle non plus ne sait pas qu'elle est en deuil.

Elle aurait dû coucher son fils dans un vrai lit, ce soir, c'est ce qu'on leur avait promis. Ils ont convergé innombrables, hébétés par la succession des épreuves, eux qui n'avaient vu venir, au long de leur périple, ni l'asile ni le repos. L'enfer qu'ils avaient quitté interdisait toutefois le regret.

On leur avait annoncé la veille qu'une salle communale allait être aménagée pour les accueillir : les températures effroyablement basses glaçaient même les os des nantis, ébranlaient du coup vaguement les consciences. Depuis leur arrivée dans cette ville qui était sur leur interminable chemin, qui n'était pas leur but – ils ne visaient d'ailleurs pas un lieu mais l'abri possible et autre chose que la simple survie – la plupart de ces errants dormaient aux coins des rues, au bord des voies rapides, dans des passages très fréquentés, silhouettes solitaires, familles entières formant nœud sur une bouche de métro ou dans des renfoncements, organisant leur espace avec ce que d'autres avaient mis au rebut. On leur donnait la pièce, au mieux un peu de nourriture. Leur situation était devenue si banale, ils étaient si nombreux à tenter de durer ainsi en grappes invisibles et remplaçables, que rien ne semblait devoir changer. La tempête de neige avait décimé leurs rangs en quelques jours et on avait enfin fait mine de s'en offusquer en haut lieu. D'où la promesse d'un hébergement d'urgence. On était passé parmi eux, leur avait expliqué où se rendre avant le soir. Certains se méfiaient mais il faisait vraiment trop froid pour ne pas céder à la perspective d'un vrai repas et d'un toit, même à partager entre mille.

Une fois sur place, pourtant, ils n'ont pas été accueillis mais repoussés avec violence par un groupe vociférant : riverains aux rangs gonflés par quelques activistes en tenue de combat, tous brandissant de laides pancartes où s'affichait sans honte leur haine des étrangers. On ne voulait pas d'eux dans ce quartier cossu. Les ombres les plus inquiètes et découragées, n'attendant pas que les forces de l'ordre leur ménagent finalement un accès, ont aussitôt regagné l'ombre des recoins.

Après dix-huit mois d'une vie arrimée à l'errance de sa mère, Mehdi est mort dans la nuit.

PREMIÈRE PARTIE

Les égarements

J'avais longtemps eu une foi aveugle en mon avenir. C'était même au-delà de la foi. J'avais grandi dans une application telle que la question du but à atteindre ne se posait pas. Concentrée depuis toujours sur la route, je ne pouvais, je m'en rends compte, qu'avoir la conviction pour ainsi dire organique, en parfait petit cheval de course, qu'une récompense m'attendait à l'arrivée. Et jusqu'à l'obtention du diplôme censé m'assurer une place de choix dans le grand ordonnancement du monde, tout avait contribué à me donner raison.

Je n'étais pourtant pas née dans l'opulence, ni au sein d'une de ces familles qui font du moindre repas, de la sortie la plus banale des moments de foisonnement, l'occasion d'un apprentissage gourmand et ludique. Chez les Carpentier, on ne prenait les repas ensemble que le dimanche, lors d'un déjeuner au menu saisonnier : rosbif-purée d'octobre à mai, quiche-salade de juin à septembre.

Ma mère, cantinière, racontait alors les frasques des petits affamés, s'inquiétait de la bonne cuisson de la viande, prise chez le boucher aussi longtemps qu'il y en avait eu un dans le quartier. Un comme on n'en faisait plus, se plaignait-elle inexorablement, qui connaissait chaque client par son nom et devançait la plupart du temps leur commande. L'être humain est fait d'habitudes et ceux qui l'ont compris savent en tirer parti. Quoi de plus agréable, en effet, que de pénétrer dans une boutique en sachant qu'on y sera reconnu et servi sans même avoir à formuler la moindre demande ? À la fermeture de « sa » boucherie, ma mère avait dû se résoudre à acheter le rôti dominical au supermarché. Chaque dimanche, elle regrettait à voix haute la saveur de celui que lui préparait « son » cher petit commerçant si serviable et accueillant.

Mon père suivait sa propre partition. Chauffeur de bus, il se désolait de l'incivilité croissante des passagers, avait été effaré, je m'en souviens, par l'invasion des portables presque du jour au lendemain, et souffrait de ce nouveau type de pollution sonore : un seul pan de conversations intimes mais s'entremêlant sans pudeur dans un espace brinquebalant, souvent surchauffé, où chacun transportait son histoire. Ce déballage plus ou moins volontaire ajouté aux pensées, aux contrariétés, aux drames et aux joies produisait une cacophonie usant doucement les nerfs de mon père prématurément vieilli. À cinquante ans, il en paraîtrait vingt de plus.

Les discussions, dimanche après dimanche, dans la salle à manger exiguë et fanée (comme le sont les êtres sur qui les regards ne se posent plus assez souvent), n'en étaient pas mais des monologues inachevés, qui se croisaient sans se répondre, proférés pour soi et contre le silence embarrassant tant il révélait l'ennui ou plus exactement la fadeur régnant entre nous. Au moins, on n'allumait pas la télé avant le café.

Toute mon enfance et au-delà, jusqu'à mon départ pour la capitale où j'avais été précipitée dans une autre réalité, je n'avais rien trouvé à redire à ces rapports sans enthousiasme mais somme toute assez doux, non dépourvus d'une forme mineure, modeste et convenue, d'amour. Une sorte de minimum qui avait suffi à m'accompagner ces années-là et que je n'avais aucune raison de remettre en cause. Cela donnait une forme mineure, elle aussi, de bonheur.

Je cueillais la joie partout où je le pouvais : quand mon père m'autorisait à laver la voiture avec lui, quitte à finir trempée jusqu'aux os. Dis rien, Mounette, ça a jamais tué personne, un peu d'eau, lançait-il en rentrant ensuite dans la maison. Ma mère, attendrie par mon petit visage hilare et dégoulinant, ravalait ses reproches, nous intimait tout de même, voyous que nous étions, d'au moins ne pas salir les tapis. Elle forçait le ronchonnement et tout était pardonné. Le scénario se répétait quand, bandits récidivistes, nous revenions, couverts de boue mais des champignons plein notre sac, d'une balade en forêt.

Ou encore de la pêche aux couteaux, à marée basse. Il s'agissait alors, si l'on voulait éviter les foudres de Mounette, de ne pas mettre du sable plein le camping-car. Le simple fait de sortir même aussi timidement des rails et de prendre ainsi le risque pourtant peu inquiétant d'être « enguirlandé » ensemble me donnait le sentiment d'une complicité délicieuse. D'autant plus délicieuse que ce risque était aussi une occasion, rare, de susciter, chez ma mère, une manifestation bourrue, récalcitrante, de tendresse. Mounette avait l'affection taiseuse, aurait eu l'impression, si elle avait mis des mots sur l'attachement profond, presque animal, je le mesure aujourd'hui, qu'elle éprouvait pour moi, de se déshabiller devant des inconnus. Restaient les recommandations à la prudence, les consignes face au froid (tu vas attraper la mort Melissa, si tu sors comme ça), à la pluie (K-Way ceignant souvent ma taille, même quand aucun nuage n'était visible), à la nuit (ne va pas traînailler en rentrant, y a de la saloperie qui rôde), et bien sûr les engueulades, ces déclarations qu'à l'époque, je ne voyais évidemment pas ainsi. Sans me l'être jamais formulé, j'avais toutefois toujours considéré les réprimandes de ma mère comme une marque suffisante d'affection ou disons d'intérêt. Dans les films que nous regardions ensemble le samedi soir – je ne découvrirais, et avec quelle passion, le cinéma, le plaisir de partager les émotions avec des inconnus face au grand écran, qu'en venant m'installer à Paris –, dans les livres que je dévorais au point d'agacer et mon père (tu ne vas pas réussir à te lever demain) et ma mère (tu vas t'abîmer les yeux), je voyais bien que certains parents pouvaient être plus expansifs que les miens. Mais j'avais mis cela sur le compte de la nécessaire emphase de la fiction jusqu'à ce que je sois invitée chez eux, bien plus tard, par des amis étudiants. La première fois que j'avais vu une mère serrer dans ses bras son fils de vingt ans en lui disant qu'il était formidable, j'avais trouvé la scène quasi pornographique. Par la suite, je m'étais habituée à ces démonstrations, mais je continuais d'en éprouver un léger malaise et n'en déduisais pas, après coup, qu'on ne m'avait pas assez ou mal aimée. Mon enfance était un bloc posé au coin de ma mémoire, un terreau rude, minéral qui ne se questionnait pas, qui avait tenu son rôle puisque j'avais poussé droit.

Ainsi, mes bons résultats scolaires n'étaient ni fêtés ni source apparente de fierté. On considérait comme une chance que je ne sois pas obligée de quitter l'école pour gagner ma vie, contrairement à mes parents. Eux avaient dû travailler très jeunes, mon père parce que mon grand-père, mineur, n'avait plus jamais été embauché où que ce soit après la fermeture de la mine au fond de laquelle il était descendu jour après jour depuis l'adolescence. Ma mère parce qu'elle était l'aînée de six enfants et que sa contribution, aussitôt qu'elle avait été « en âge », aux maigres revenus du foyer allait de soi. Continuer l'école était un privilège. Point. Pas question d'avoir des difficultés ou de se plaindre. Là encore, j'avais tellement intégré cet état de fait que rien en moi ne regimbait. Je n'étais pas brillante, je ne crois pas. Juste assez appliquée pour réussir même dans les matières qu'à priori je n'aimais pas ou ne maîtrisais pas d'emblée, comme la chimie, qui m'impressionnait, ou les langues, pour lesquelles je n'avais pas d'oreille (sans doute par manque d'occasions d'en entendre et plus encore d'en pratiquer).

Sans le vouloir, sans y avoir mis une volonté de fer, j'avais eu une scolarité exemplaire et ce fut tout naturellement qu'au moment de décider d'une orientation, on m'avait conseillé de viser les grandes écoles et donc de tenter les concours. Conseil que j'avais suivi non par conviction d'être meilleure que d'autres mais parce que je n'avais alors ni rêves secrets ni projets ambitieux. Je me revois, petite âme embarquée sans remous, comblée tant qu'elle file et reste à flot. De fil en aiguille, ou plutôt de fleuves du tout-venant en ruisseau pour moi exotique, déconcertant et magnifique, j'avais intégré, après l'incontournable prépa, l'un de ces hauts lieux où incubent les futures élites.

Le premier jour, j'avais été envahie, presque plus encore physiquement que moralement, par un sentiment d'imposture qui m'était jusqu'alors inconnu. J'apprendrais plus tard que nous étions nombreux à l'éprouver en arrivant entre ces murs prestigieux, où l'intelligence s'affichait partout, vous agrippait au détour d'un couloir et d'une bribe de conversation saisie, irradiait des noms dont les salles étaient baptisées.

En plus de me sentir brusquement limitée, pas assez ou « mal » cultivée (je m'imaginais que contrairement à moi, tous les étudiants étaient « tombés dedans » dès l'enfance et il faut dire que tous s'évertuaient à faire croire à une érudition entretenue dès le berceau), je me trouvais d'apparence pataude, épaisse et musclée par les trajets à vélo alors que je me serais damnée pour l'évanescence. Pas plus qu'au sujet de mon avenir ou de l'amour de mes parents, je ne m'étais interrogée sur mon allure avant mon déplacement hors du cadre familier. Je ne me regardais que pour me vérifier : mes cheveux lisses pris d'un geste, ancien, dans l'élastique porté bas sur la nuque, peau et dents propres, stick à lèvres purement utilitaire, appliqué loin du miroir. Chemise blanche et jean noir hiver comme été, depuis qu'à l'adolescence j'étais passée de la maigreur à une densité de sportive. Je m'étais *étoffée*, disait-on autour de moi. Il avait fallu que je me retrouve entourée de silhouettes longilignes ou petites mais si menues qu'on aurait pu, qu'on désirait les soulever en enserrant leur taille, il avait fallu que je sois jetée dans ce bain-là, de sirènes, de petits poissons vifs et brillants, pour que je perçoive mes propres contours plus grossiers. On aurait pu penser que j'en aurais pris conscience après avoir volontairement perdu ma virginité – le soir de mes seize ans, en même temps que deux autres amies qui, comme moi, considéraient qu'on *en* avait assez parlé et souhaitaient savoir une bonne fois pour toutes ce que *ça* faisait. Nous avions vu, avec de gentils garçons dûment protégés, dans la cave aménagée du pavillon de mes parents, où j'étais libre de faire tout le *bruit* que je voulais sans les déranger. Pas de quoi fouetter un chat. Affaire classée sans euphorie ni drame. Mais c'était seulement maintenant que mon corps, allié de toujours, fiable et résistant sans être source de réels plaisirs (la cave n'avait pas été une réussite, de ce point de vue) autres que sportifs ou solitaires, devenait soudain mon traître. Dans les couloirs de l'école renommée, dans les rues et même dans le métro, que je prenais avec réticence les jours de neige ou de trop grosse pluie, je me vivais désormais fille-sandwich, mon physique si peu délié plus bavard que des panneaux annonçant que je n'étais pas de ce lieu, de cette classe, de ce milieu où l'on avait le pas léger et dansant, où l'on savait se parer sans parader – moi, en robe ou sur des talons, je me sentais déguisée, faisais déguisée, du coup, c'est certain –, où on avait l'art de se farder sans que cela se devine ou alors volontairement, par jeu.

J'avais lu les livres et engrangé tout le savoir nécessaire à mon intégration sans me douter que ce serait par le corps qu'au début en tout cas, je me noierais. Même au pays des intellectuels, on est regardé avant d'être écouté.

Face à mon ordinateur, je reprenais brièvement confiance, battais le rappel de mes connaissances et de mon infaillible volonté avant de replonger, souffle court et cœur à vif, dans des eaux que je finirais malgré tout par dompter. D'instinct, j'avais peu à peu trouvé la solution : je me dématérialisais. J'écrivais, filmais, dessinais, enregistrais ma vie transplantée, me déchargeais du poids des jours dans un blog bientôt très fréquenté, et me réinventais dans la foulée. Il y avait de la fermeté et de l'insolence dans mon trait. Je rattrapais, derrière mon écran, vingt ans de docilité et me révélais plus flamboyante que je ne l'avais jamais été. À la fin de ma première année, j'avais entraîné dans mon sillage une petite cour émoustillée par ma relative audace. Un assemblage hétéroclite de gentils faiblards se rebellant, certes modérément, par procuration. Dans le miroir déformant de leurs regards serviles et flatteurs, de leur flagornerie sur les réseaux, je me pris à rêver qu'il y avait pour moi aussi, finalement, dans cet avenir que je n'avais jusqu'alors pas pris la peine d'imaginer, un destin d'envergure.

L'histoire se répétait sans que Melissa comprenne pourquoi : comme pour son premier job d'été, de vendeuse dans un grand magasin (quelques jours de formation fluides et une fin prématurée car face à certains clients, elle était littéralement paralysée) et son premier stage (au sein d'une rédaction où elle avait brillé en coulisse, multipliant les réflexions et propositions pertinentes, mais avait perdu le sommeil lorsqu'on lui avait demandé une enquête de terrain puis sa restitution), tout s'est bien passé ici tant qu'on sollicitait, sous forme de notes qu'elle prenait le temps de peaufiner, son esprit d'analyse et sa maîtrise théorique du milieu professionnel auquel elle est censée apporter l'excellence de sa formation. Cette fois, le monde de l'édition. On attend d'elle des propositions concrètes et des actions de communication, notamment, en lien avec tous les services, pour inscrire l'honorable maison dans son temps. Sur le papier, Melissa est la femme de la situation. Sa vision large, nourrie des connaissances historiques et littéraires acquises avec avidité ces dernières années et qui font pétiller ses yeux lorsqu'elle les convoque, lui a valu de décrocher le poste après un unique entretien. Bien sûr, elle en a un peu rajouté sur son aisance en matière de réseaux sociaux où elle est plus observatrice qu'actrice et alors qu'elle n'aime rien tant qu'être plongée dans les livres, seule à la bibliothèque. Son blog ne l'intéresse que comme espace d'expérience et de consignation. Mais elle avait assez confiance en son intelligence pour faire d'un demi-mensonge une vérité. Elle se jetterait à l'eau, elle interrogerait, elle apprendrait vite comment aligner la réalité sur ses déclarations.

Pendant quelques jours, on l'a trimballée d'un étage à l'autre pour la présenter à tout le monde. Elle sait écouter, s'intéresse sincèrement à ses interlocuteurs qui s'en trouvent comblés, s'ouvrent à elle comme fleurs au soleil. La rumeur lui était favorable. Puis on lui a demandé d'agir, de fournir des outils et des solutions, ainsi qu'elle s'y était engagée. Son effroyable peur de se tromper a pris le dessus et tout s'est grippé. Elle sent l'agacement monter autour d'elle. Puis ce sera le doute et enfin, la répudiation. Elle a déjà vécu un tel enchaînement mais elle est incapable de l'empêcher. Dans de nombreux domaines, elle sait quoi faire mais elle ne sait pas faire. Oh, dans le cadre connu de l'école – oui, ce qui lui était apparu comme un territoire attirant mais illisible et vaguement hostile lui est maintenant une famille –, elle avait accompagné toutes les initiatives, s'était investie sur tous les fronts. Pas un séminaire, une expo, un colloque dont elle ne s'était mêlée. Et on s'en était bien volontiers arrangé car elle est endurante et efficace, est un véritable atout lorsqu'il s'agit de mettre en place des événements particulièrement ambitieux. Le plus étonnant étant qu'elle ne recherchait ni reconnaissance ni lumière. Elle aimait simplement s'embarquer dans des projets denses, accaparants, se nourrissait du défi. Ses professeurs et ses camarades n'hésitaient pas à la recommander chaudement pour les missions les plus variées. Elle avait d'ailleurs postulé pour un emploi dans ce cocon. Un autre candidat l'avait emporté, de justesse lui avait-on dit, sans qu'elle sache ce qui les avait départagés.

Ce qu'elle n'avait pas anticipé avant son premier stage et que désormais elle redoute, aggravant les choses, c'est qu'au-dehors, elle est comme un poisson hors de l'eau. C'est encore son corps qui la trahit. Rougeurs, palpitations, crampes, il déploie la panoplie complète des manifestations de stress. Jusqu'à la paralysie.

La voilà donc couverte de plaques qu'elle-même trouve dégoûtantes, réfugiée derrière l'antique ordinateur mis à sa disposition dans un bureau sans charme, encombré d'archives administratives, prétendument occupée à des recherches essentielles. Melissa n'a parlé à personne en arrivant ce matin. S'est contentée, à distance, de dissuasifs saluts du menton. Elle sursaute à chaque fois qu'on frappe. Ceux qui entrent en bourrasque, sans s'annoncer, avec des demandes urgentes, lui font frôler l'infarctus. Elle parvient alors à balbutier trois ou quatre mots à peine intelligibles avant de se replonger dans ses prétendus travaux. Toute son énergie, ce qui n'est pas engourdi de son intelligence est maintenant au service de plans d'exfiltration. Comment se tirer de cette impasse avec le moins de dommages possibles ? Elle imagine mille scénarios, du plus sage (demander un rendez-vous avec ceux qui l'ont engagée et leur expliquer qu'en fait non, elle n'est pas à la hauteur de la mission, ne veut pas laisser la situation se dégrader et par conséquent, est navrée mais s'en va) au plus délirant (s'inventer une tante aimée et très gravement malade à l'autre bout du monde, qu'elle doit, vous comprenez, rejoindre illico) mais sait comment cela finira : elle ne prendra pas les devants. Après quelques remarques demeurées sans effet, elle sera bientôt convoquée par la direction. On lui exprimera avec tact un mécontentement légitime qui pourtant l'écorchera. Elle tentera de se justifier, de gagner du temps mais dans sa tête vrombira le grondement de sa défaite. On lui parlera à mots choisis mais elle n'entendra que sa propre voix lui crachant tu es nulle et rentre planquer ta honte sous les draps. Elle tentera de faire bonne figure en attendant la fin d'un entretien dont elle sera désormais absente. De son enveloppe, sac vide, rétréci, froissé au bord du fauteuil où on l'a invitée à s'asseoir – et c'était comme mettre sa tête sur le billot –, ne demeurera que son regard de bête encerclée, le pire étant qu'en un dédoublement atroce et alors même qu'elle semblera sans réaction à ses interlocuteurs horripilés, elle verra tout cela de l'extérieur avec une acuité cruelle. Descendra d'une marche dans le gouffre de son incapacité à s'adapter. Et comment en remonter quand la lumière n'est plus que rais entre des barreaux ?

Le lendemain, elle ne reprendra pas son poste, se fera arrêter une semaine et ne se montrera dans ces locaux pourtant convoités par elle autant que par tous ceux de sa promotion, que pour se voir signifier sa non-embauche à l'issue d'une insatisfaisante période d'essai.

Elle dérivera quelques jours entre boulimie et binge-watching de mauvaises séries.

Elle ira finalement, par réflexe et avec un sentiment de déjà-vu, se réfugier chez ses parents.

Le problème, c'était que là non plus, elle n'était plus à sa place. Ses études, son déplacement avaient modifié sa chimie intérieure. Ce qu'elle avait toujours ressenti comme son milieu naturel, mélange de simplicité bienveillante, de pudeur et de pragmatisme, lui était devenu irrespirable. Le poisson avait muté pour survivre. Ses perceptions avaient changé. Des propos, des attitudes de ses parents et de leur entourage lui agaçaient les nerfs, les séparaient peu à peu et aussi sûrement, aussi douloureusement que des barbelés.

— Tu as conscience de t'empoisonner en avalant ces merdes industrielles ?

Melissa se retenait de faire cette remarque depuis qu'elles étaient entrées dans l'hypermarché où sa mère lui avait proposé de l'accompagner. *Ça te changera les idées, c'est pas bon de ruminer son mauvais foin comme une vache.* Elle n'avait pas relevé l'indélicatesse de la comparaison ni ses sérieux doutes sur l'authenticité de l'expression. Elle devait bien admettre que depuis le début du week-end, elle n'avait rien fait d'autre que passer du lit au frigo, au lit, à la salle de bains pour une désastreuse séance de chasse aux points noirs – ce qui, si c'est possible, l'avait à la fois détendue et énervée –, au lit de moins en moins accueillant, jonché de miettes et de papiers froissés, draps moites repoussés en boule avec des vêtements enfilés et ôtés au fil de ses sautes d'humeur. Elle avait griffonné sans conviction et réalisé quelques vidéos de sa chambre, de la vue sur des pavillons et des champs tristes, de ses pieds trop grands, images déjà déprimantes sur lesquelles elle posait comme un linceul une voix off d'outre-tombe. Elle avait bien tenté de regarder le journal de midi avec son père mais avait vite été exaspérée par sa manie de tout commenter dès le lancement des sujets, sans écouter un mot, ne cherchant donc pas du tout à être informé mais conforté, plaquant simplement ses discussions de bistrot et de machine à café, au dépôt, sur les titres-étincelles qui allumaient un moteur ronronnant. Il commentait aussi les films en une sorte de paraphrase ininterrompue destinée sans doute, dans son esprit, à expliquer ce que sans lui on n'aurait pas compris. C'est du moins ce que croyait Melissa enfant. Elle y était tellement habituée que son propre silence devant l'écran, lorsqu'il lui arrivait de regarder la télévision seule, l'angoissait, lui semblait un peu honteux : les commentaires ne lui venaient pas avec l'aisance de son père. Après ces quelques années à évoluer loin d'eux, elle ne supportait plus cette manie qui lui révélait un homme moins intelligent qu'elle l'avait longtemps cru mais faisant pourtant mine d'être le seul de sa famille à comprendre de quoi il *en* retournait. Avec obstination ou par réflexe, alors que sa fille était nécessairement mieux armée aujourd'hui pour un tel décryptage. Melissa oscillait entre jugement sévère et compassion, entre irritation et tendresse : son père, cela lui sautait aux yeux maintenant qu'elle avait grandi, n'était volubile et sentencieux que dans ces situations confortables, familières. Plutôt que de l'assurance ou de la prétention, il trahissait là, au contraire, comme une inquiétude face à la complexité du monde. Or Melissa reconnaissait ce sentiment. C'était celui qu'elle avait éprouvé en arrivant à Paris. Celui qui lui ôtait ses moyens lorsqu'il lui fallait être assez sûre de son jugement pour influer en son nom sur le destin d'une entreprise, d'un groupe quel qu'il soit. Elle en voulait à son père de lui avoir involontairement transmis cette fragilité. Mais cela lui donnait aussi envie de le prendre dans ses bras comme pour s'étreindre elle-même avec lui et leur murmurer à tous deux des paroles de réconfort et de consolation. Elle tournait en rond.

Expédition à l'hypermarché, donc, et confrontation avec le manque absolu de discernement de sa mère en matière de qualité et de nutrition, sans parler d'environnement. Son seul critère était le prix. Elle s'enorgueillissait d'avoir un flair infaillible pour dégotter les bonnes affaires, les lots de produits quasi avariés qu'elle n'aurait pas songé à acheter si on ne les lui avait pas collés sous le nez bradés, la gamme sans marque du magasin et les formats familiaux qui iraient rancir dans ses placards déjà pleins (elle comptait mais engrangeait, au cas où). Tout cela, Melissa ne l'avait remarqué qu'en revenant après des mois d'absence et la fréquentation d'une jeunesse soucieuse de la planète et de sa propre santé. Son smartphone était surchargé d'applications passant au crible habitudes et achats. Elle savait que sa mère était totalement perdue pour la cause et elle essayait au moins de ne pas lui en vouloir de l'avoir nourrie à ce que l'industrie agroalimentaire avait concocté de pire ces dernières décennies. Et elle évitait soigneusement le sujet. Mais les nerfs déjà éprouvés, lorsque le énième paquet de jambon rose vif et irisé comme une flaque d'essence sur le bitume avait atterri dans le caddie maternel, la remarque avait fusé.

— Va pas croire tout ce qu'on dit à la télé ! avait rétorqué Mounette comme à une enfant trop influençable qu'il lui incombait de déciller. Ton père et moi, on achète ça (sous-entendu, des conserves, de la charcuterie aux nitrates, des gâteaux à l'huile de palme, des fruits aux pesticides mais gros, ronds, lisses et tellement propres qu'on pense pouvoir se dispenser de les laver) depuis toujours et regarde, on a meilleure mine que toi, ma fille.

Non, les retours à la maison n'apportaient plus le répit convoité, ne réparaient rien, au contraire. Ses parents considéraient les déboires professionnels de Melissa comme des caprices de petite fille gâtée, des délicatesses de princesse au petit pois. *Tu fais pas beaucoup d'efforts, hein. C'était bien la peine de te payer toutes ces études ! Il paraît qu'ils embauchent, à Carrefour. On demandera quand on ira.*

Melissa repartait chaque fois un peu plus décomposée.

Auprès de sa petite cour de boiteux, c'était différent. Eux la comprenaient presque trop, compatissaient avec tant d'élan que Melissa d'abord consolée se sentait vite engluée. Ils l'attiraient dans le nous douillet et mou qui les rassurait tant. Elle voulait bien régner sur le gang des éclopés, pas se vautrer avec eux dans la mer des lamentations.

— C'est comme moi, quand j'étais en stage. Ils ont été horribles avec moi juste parce que j'étais le fils du patron.

Kiki faisait toujours ça. Quoi qu'on lui confiât, quel que fût le sujet de discussion, il sortait de son chapeau une expérience personnelle, une émotion, une réflexion censée renchérir ou illustrer mais dont la finalité était de ramener la conversation à lui. Ce n'était ni méchant ni systématiquement déplacé mais c'était horripilant et, en l'occurrence, la comparaison ne tenait pas. Kiki avait effectivement décroché ce stage parce qu'il était le fils surprotégé d'un magnat de la presse. Pas idiot et même assez fûté mais immature et velléitaire. Et si les gens du journal lui avaient battu froid, c'était qu'il n'avait pas été fichu de boucler un papier potable en deux mois. À l'époque, il se vantait d'avoir trouvé la planque, postait des selfies montrant clairement son oisiveté, mais il pleurnichait à chaque remarque prudemment critique (on imagine bien que personne ne se permettait d'être franchement hostile, étant donné la parenté du gosse avec celui qui tenait leur poste entre ses mains).

Melissa avait convoqué la petite bande au retour du week-end chez ses parents, qui lui avait inspiré des scénarios de meurtre ou de pendaison. De meurtre *et* de pendaison. Elle avait cédé à la tentation de réparer son ego à moindres frais mais à peine arrivée dans leur repaire, un bar sans autre attrait que le prix bas des bières, elle avait eu envie de repartir se terrer. Entre l'égocentrisme de Kiki, la flagornerie poisseuse d'Else – en France depuis peu, elle allait avec enthousiasme et le souci permanent de son intégration vers quiconque lui ouvrait les bras –, l'inévitable décryptage socio-politique de Mathilde, *ils nous font payer nos origines modestes, ils veulent qu'on reste à notre place de chiens savants* (qui étaient « ils » et qui était ce « nous » puisque Mathilde, tout comme Kiki et Else, venait d'un milieu très privilégié ? Cela demeurait assez flou), et les regards enamourés de Garance que la froideur de son élue ne décourageait pas, rien de ce qui était exprimé autour de cette table, Melissa le constatait avec dépit, ne prenait réellement en compte l'impasse dans laquelle elle se trouvait : elle avait acquis des compétences impressionnantes mais elle était incapable de les exercer ou alors il aurait fallu qu'on l'exonère par avance de toute responsabilité en cas d'erreur. Ainsi, peut-être, pourrait-elle surmonter la paralysie. Or tous les postes auxquels son CV lui permettait de prétendre impliquaient autonomie, initiatives *et* responsabilités. Comment les autres s'y prenaient-ils ? Comment s'arrangeaient-ils des doutes, de l'instabilité des choses qui l'amenait, elle, à ne jamais être sûre de rien ? Melissa était fascinée par la capacité de certains à asséner de prétendues vérités avec un aplomb tel que personne n'osait les questionner. Ou alors à part soi, ce qui n'entamait pas leur règne. Elle, au contraire, était si soucieuse de précision et d'honnêteté que sa parole était hésitante, ses actes empêchés par d'interminables délibérations intérieures. Or l'époque, on le sait, ne tolère pas ces atermoiements.

Melissa avait prétexté une migraine que ses amis s'étaient empressés de mettre sur le compte de tout ce stress et, sous leurs encouragements tendres qui lui avaient presque fait regretter son mensonge, elle avait quitté les lieux.

Le retour à vélo, au moins, avait tenu ses promesses : ses muscles obéissaient, la mécanique obéissait à ses muscles et la ville s'offrait, généreuse et calme, à cette heure tardive, dépourvue de pièges autres que ceux de la circulation, à laquelle il lui suffisait d'être attentive, sans faux-semblants à déceler. Circuler avec fluidité dans cette réalité simple demeurait le remède le plus efficace à son désarroi. Elle se coucherait plus tranquille.

Comme sans doute nombre de ses contemporains, Melissa mène une double vie dont les deux pans s'éloignent inexorablement. En elle, ça tiraille et la trouble, mais le pli est pris et chacun des sillons est de plus en plus profond.

Ses vidéos intimistes et décalées, où s'incarnent et se fertilisent des contradictions : origines populaires et acculturées, esprit vif et boulimique, nourri de tout ce qui passe à sa portée, goût pour l'effort mais rejet viscéral de la compétition, sentiment de malaise en milieu urbain ultracodifié et regard sophistiqué, analytique et sensible, nourrissent son blog très suivi. Elle y est, sous le pseudo d'« Artémis », une petite reine des mots et des images, décide, ose et entreprend. Est, là, dans cette virtualité, le produit brillant, en constante ébullition, de son parcours exemplaire.

Dans la réalité de chair, où il lui faut bien, elle qui ne peut compter sur ses modestes et économes parents, assurer sa subsistance, elle va de postes d'abord qualifiés – mais elle finit toujours par y buter sur son incapacité à prendre la moindre initiative – en emplois tout juste alimentaires, certains carrément dégradants tant on y est confronté au rejet (et pour cause : il s'agit en général de harceler par téléphone ou, pis encore, en tractant dans la rue à des fins commerciales ou de collecte de données. Il est rare que cela suscite des réactions bienveillantes). Le dernier job en date, un temps partiel pour une start-up qui vend au kilo du like et du commentaire positif, s'il est dénué d'intérêt, a le mérite de ne pas exposer directement Melissa à des attitudes agressives ni à la nécessité d'engager sa responsabilité, de s'investir en agissant. Elle s'y ennuie sans souffrance en compagnie d'autres salariés précaires, jeunes pour la plupart, qui travaillent sous les néons d'une même pièce sans fenêtres ni cloisons, au sous-sol d'un immeuble de bureaux, en grande banlieue. Le trajet, long, traversant des petites villes interchangeables, sied à Melissa, qui chérit ces occasions quotidiennes de se réfugier dans le geste et le rythme du pédalier. Elle arrive à l'heure, ne traîne pas le soir et déjeune d'un sandwich et d'une pomme face à son écran. Elle ne cherche pas à se lier puisque sa vraie vie, celle où Artémis se déploie, est ailleurs, flotte sans début ni fin, sans réel enjeu, quelque part entre elle et le monde, dans l'hospitalité de limbes numériques.

Une jeune femme, toutefois, l'intrigue. Rien ne la distingue des autres, pas plus sa maigreur exhibée d'anorexique que sa réserve semblant traduire une méfiance ou un mépris pour ceux qui partagent son labeur dépourvu de sens. Melissa y reconnaît son propre détachement, et c'est peut-être ce qui, en tout premier lieu, attire son attention. Assez vite, elle remarque que Clémence – elles ont été présentées, à son arrivée – s'absente systématiquement à l'heure du déjeuner et affiche, au retour, un air extatique. Melissa se décide à engager la conversation un matin, autour de la fontaine à eau. Clémence doit trouver de quoi se rassurer dans les bribes biographiques que lui confie Melissa car elle passe en un instant du mutisme aux confidences et semble avoir réintégré la maigre enveloppe à peine animée qu'elle laissait jusque-là occuper l'espace. Comme Melissa, Clémence est une diplômée déçue et déclassée. Pour des raisons qui demeureront floues, Melissa en prendra conscience après coup avec un vague malaise, elle n'a pas non plus intégré les hautes fonctions censées l'attendre à l'issue de sa formation. Et la voilà rouage insignifiant dans un vaste système qu'elle abhorre. Quelques discussions encore et Clémence, à Melissa qui lui demande où elle disparaît tous les midis, répond qu'elle ne peut pas en parler mais que ces escapades lui font un bien fou. Melissa pense religion, pense secte et n'insiste pas. C'est Clémence qui revient à la charge.

— Je vois bien que tu es aussi perdue que je l'étais avant.

Elle n'a pas besoin de préciser avant quoi. Tout pousse Melissa à se méfier mais quand même, sa curiosité est au plus haut. Quand Clémence se décide à lui proposer de l'accompagner à sa mystérieuse réunion, elle – ou Artémis en elle – se surprend à accepter.

Qui nous amènes-tu là, ma chère Clémence ? demande l'homme qui les accueille non dans un local fonctionnel et disgracieux, ainsi que se l'était imaginé Melissa sans trop savoir pourquoi, mais sur le seuil de son hôtel particulier. Pas d'écrans ni d'éclairages crus dans ce QG. Des tentures aux murs, de lourds rideaux de chintz, une collection de masques reproduisant la vaste palette des émotions humaines, des livres du sol au plafond et partout où on a pu les empiler. Un feu brûle dans la cheminée. La patine, le lustre, l'usure, même, révèlent avec grâce les générations qui ont vécu ici dans l'évidence de leur lignée. C'est à la fois séduisant, d'un total exotisme pour Melissa qui n'a jamais pénétré dans une telle demeure, et perturbant. Elle a le sentiment qu'aucun de ses gestes, aucun mot prononcé par elle ne pourra convenir au lieu. Elle voudrait et pourrait encore fuir mais leur hôte la tient en joue de son regard très ouvertement conquérant. Melissa sent le grappin fiché dans ses entrailles.

Il y a là une vingtaine de personnes qui discutent par petits groupes. Le maître des lieux les visite tour à tour tel le seigneur ses vassaux, répond à des questions et donne des consignes aussitôt transformées en commentaires, interventions, réactions sur la Toile, ainsi que Melissa, dont Marc ne lâche pas le bras, la présentant avec emphase à tous, le découvrira peu à peu. Clémence les suit sans y être invitée, sans que celui qu'elle dévore des yeux manifeste à son égard le moindre intérêt. Elle ne renonce pas, pourtant, prête à se nourrir, on le sent, de la moindre miette d'attention, à être animal fidèle plutôt que rien. Au moins, elle pourra se vanter d'avoir livré au maître une recrue à son goût. Car tel est le rôle de la jeune femme sans autre attrait : rabattre au nom de la cause, laquelle est un fatras empruntant à toutes les doctrines pour justifier rejet et haine.

Quelques semaines trop tard, alors qu'elle se pense (ou, par désarroi, s'en persuade) trop impliquée pour reculer, n'en éprouve même plus la velléité tant elle est emberlificotée dans un filet de désir et de culpabilité, Melissa tombera en cherchant des documents dans le désordre du bureau de Marc, sur ces pages, d'un petit carnet noir :

J'aurais dû le bouffer dans le ventre de la mère inférieure... Si je vois encore une fois sa gueule de rat sur mon fil d'actu, je pète mon ordi. Ça me fera des vacances. À la casse le chœur des hypocrites ! Aux chiottes les petits egos de paons déplumés ! Je sais même pas ce que je fous sur les réseaux... C'est pas pour les nouvelles bidonnées du monde ni pour les photos de fucking chatons. Pas pour les pétasses à bonnets D ni pour tous les nolife qui likent le cul des célébrités. Je sais pas... C'est comme gratter une croûte : c'est pas franchement agréable mais on peut pas s'en empêcher... Tout me dégoûte mais je fouine, je suis la bave à la trace, je me laisse porter par la connerie. Et quand j'ai envie de me marrer, je lâche mes petites bombes sur le frérot et ses fans. J'ai assez de faux comptes pour pourrir un fil à moi tout seul. Une armée. Je te le shoote sous dix pseudos mais attention, avec ardeur et sincérité. Je te conchie, mon jumeau, et c'est pas la mère morte qui pourra te protéger. Finis les privilèges, le favoritisme depuis qu'on est nés, tout pour le chouchou à sa mémerde et rien pour le vilain pas sage. Dans la tombe avec Mother, sa préférence à elle. Le petit ange lance son parti-qui-n'est-pas-un-parti, son « Espace Libre d'Invention ». Il va sauver les migrants, les vieux et la planète mais attention, pas tout seul. Seul, je ne suis rien. Avec vouuuuuuus ! Mon bouse brother s'est pris pour le Christ et les disciples se multiplient comme les petits pains. Les cons ! Des junkies des chaînes d'info et de la téléréalité. Ça prend les ricanements pour de l'esprit. Ça se pâme devant la première belle gueule – la même que la mienne, j'vais pas cracher – qui enfile les banalités et leur passe autour du cou en ouvrant les bras comme papamaman. Hop, en laisse les imbéciles ! En rangs serrés. On aboie quand je vous siffle !

Et ça croit se rebeller...

J'ai vu le truc monter à une vitesse... Franchement, j'aurais pas imaginé qu'autant de gens pourraient gober sa mélasse, au frangin. En trois mois, il est passé du café du coin au Palais des sports. Avec tournée des télés et tronche de prophète à la une des torchons bobos, cathos, gauchos, fachos.

Pas mécontent que l'amère soit plus là pour jubiler.

J't'en foutrais, du jeune leader charismatique !

Donnez-moi trois mois et quelques paumés et j'en fais autant.

Profite, ma couille, tu vas pas régner longtemps sur tes décérébrés. Bad Twin is coming et il a des idées, lui.

Rien de ce fiel intime dans le discours de Marc, cependant. Il sait se montrer certes belliqueux, tout bouillant d'une colère intérieure à priori contrôlée, mais plus subtil et séduisant.

Melissa a tout de suite noté la ressemblance entre lui et le très médiatique fondateur de l'Espace de Libre Invention. Il est son reflet sombre, brûle d'un feu profond quand l'autre irradie doucement, semble flotter au-dessus du monde. Ceux qui ont rejoint l'ELI se chauffent aux rayons du lumineux et, selon son frère, autorebaptisé Vadim, espèrent être gagnés par la sérénité de leur leader, ouverts et assez apaisés pour créer d'autres modes de pensée, d'autres types de liens. C'est du moins ce qu'on leur propose et ce que Marc ne se prive pas de railler. Si son jumeau est un soleil, lui est un astre noir et magnétique qui attire des personnalités diverses mais souvent fragiles ou effacées. C'est comme s'il les activait en les accueillant dans son cercle. Chacun propage ensuite sa charge, est une arme chimique en circulation. L'autre a des disciples agissant en pleine lumière.

Les idées, les lectures sulfureuses de Marc ne s'accordent en rien avec celles de Melissa. Elle est même, cette première fois, hérissée par ce qu'elle entend, ce qui est asséné, souvent en réaction aux propositions et actions amplement relayées de Vadim, le jumeau. Toutes sont décortiquées et moquées, toutes sont discutées puis contrecarrées partout sur la Toile. Au moins, Marc est brillant, emprunte à ses peu recommandables modèles des raisonnements complexes, en extrait de simples flèches plus efficaces à l'ère des battles de bons mots, de formules profilées pour la course aux likes. Ses adorateurs, eux, répètent ou imitent sans talent ni invention le style illuminé et furieux de celui qui les a choisis. Ça vire souvent à l'éructation. Tout y passe, des mœurs relâchées ou de la déplorable féminisation d'une société en perdition, aux invasions barbares, et Melissa se demandera, beaucoup trop tard, comment, malgré les repères et le recul que lui a apportés sa formation, elle a pu basculer peu à peu du côté des loups. D'autant que Clémence, jalouse de sa recrue aussitôt devenue favorite, ne l'incite plus du tout à l'accompagner aux réunions. Chaque fois Melissa se jure de ne pas revenir, se dit qu'elle n'a rien à faire avec ces gens que l'aigreur seule unit, et chaque fois Marc ajoute un élément à sa panoplie de séduction. Jamais un homme ne l'a vue comme il prétend la voir : passionnante et infiniment désirable. La peau de la jeune fille vibre littéralement sous ce regard dévorant. Son cerveau, surtout, frissonne de se sentir à ce point convoité. Melissa ne cache pourtant pas ses fréquents désaccords et ils ont des discussions vives. Mais loin de déplaire à Marc, ces joutes lui sont un aphrodisiaque puissant, qui stimule son propre pouvoir de persuasion. Ainsi, à son esprit défendant, Melissa est progressivement envoûtée. Quelle âme un peu vulnérable a jamais su résister à l'élection ?

Elle met cependant des mois avant d'accepter d'agir en intervenant sur les réseaux ou en prenant part à des manifestations. Ainsi, se ment-elle, son intégrité est sauve. Dans le même temps, Marc poursuit sa conquête. La première fois qu'il la touche – un simple effleurement – après avoir tant parlé de la toucher et comment, entretenant entre eux une tension toxique et délicieuse, Melissa est littéralement foudroyée. Son corps, se dit-elle, n'était pas un corps avant cette invention. Cette masse dense et résistante qui jusqu'alors l'embarrassait est un gisement providentiel. La promesse savamment repoussée d'étreintes formidables. L'obsession se diffuse, endort la pensée, fait office d'univers. Toute proposition du maître est une caresse clandestine, ses demandes, un jeu amoureux à l'insu de tous. C'est en tout cas ce que Melissa veut croire et c'est ainsi qu'un soir d'hiver, elle forme avec d'autres un mur de haine où Mehdi et sa mère viendront s'écraser.

Melissa fuit les rassemblements. Que ce soit pour un concert, les festivités du 14 juillet ou le traditionnel défilé du 1er mai, quelque chose, dans ces corps en troupeau, toute volonté individuelle diluée dans celle de la foule, l'embarrasse et diffuse une sourde inquiétude. Les hordes vociférantes, chantant, scandant des slogans autour d'elle, lui apparaissent comme des enfants excités dans leur costume d'adulte, soulagés de déposer pour un temps le fardeau de la retenue, de la bienséance. Elle est incapable de se mêler aux cris, de se laisser porter par le flot, n'est pas sujette à l'exaltation du nombre. Au contraire, en de rares occasions où elle a dû se mêler à un cortège, assister, plus jeune, avec ses parents, à un spectacle en extérieur au milieu de vacanciers ivres de joie, elle n'a ressenti qu'angoisse et gêne, ne croyant ni à la gaieté affichée ni à la sincérité des formules lancées dans l'air comme des imprécations dérisoires. Prise entre sol et ciel encombrés, elle a chaque fois cru étouffer.

Ce jour-là, lorsque Melissa sonne chez Marc, ce n'est pas lui qui vient ouvrir mais l'un quelconque de ses sbires. Elle ne retient pas leurs noms à tous. Ils forment à ses yeux un ensemble mouvant, indéfini, aux éléments interchangeables. Le maître est occupé à fulminer en rond. En raison des températures polaires, et parce que le christique Vadim a interpellé les autorités la veille, au JT, la mairie a décidé d'ouvrir des centres d'hébergement d'urgence pour les sans-abri, migrants récents ou habitués de la rue. L'un de ces refuges installés dans des locaux désaffectés, appartements vides ou bâtiments municipaux provisoirement reconvertis, est inauguré ce soir dans le quartier, à deux pas de là. Marc est dans une rage folle, se lève, s'assoit, se relève et piétine, ne remarque même pas l'arrivée de sa favorite. Il dénonce en écumant le coup de pub des élus et la démagogie du ravi de la crèche, son jumeau. Ses arguments sont d'une incohérence et d'une mauvaise foi telles qu'on se demande comment il ne perd pas aussitôt tous ses suiveurs, à commencer par Melissa qui n'a pas la bêtise servile de certains. Pourtant, la véhémence passant sans doute pour de l'inspiration, la fureur pour de la puissance, tout cela sur un terreau de frustration et d'envie d'en découdre, une ferveur guerrière gagne l'assemblée. On ira au clash s'il le faut mais on empêchera l'accueil de ce rebut, cette lie de la terre, ces dégénérés incapables de se débrouiller seuls, pas fichus de travailler ni de se battre contre leurs prétendus ennemis, et qui viennent ensuite avec leurs chiées de gamins intenables et débraillés exhiber leur misère sous le nez de nos petits.

Melissa, désarçonnée par la soudaine indifférence de Marc à son égard, au bord de la panique, n'entend pas distinctement cela. L'entendrait-elle qu'elle réussirait à se convaincre de l'existence d'une part de vrai dans ce qu'on dénonce ou plutôt crache ici, bien à l'abri, en se chauffant les os au feu vif de la cheminée. Comme avec les pages du carnet, elle ravalerait son indignation. Rien ne compte que réorienter vers elle le regard de celui qui l'a pour ainsi dire créée. Afin de mieux s'immerger dans le désir de Marc, l'élue a assez vite cessé de travailler, ne rejoint plus jamais sa bande d'ébréchés. Elle se concentre, n'est que disponibilité et attente en direction de celui qui pourtant n'est toujours pas son amant. Alors qu'elle suffoque d'être soudain privée de ce qu'elle prend pour l'air vital et qui est du poison, rien n'est indigne de ce besoin dévorant : qu'il la voie à nouveau comme lui seul l'a vue, qu'il la veuille comme, en mille mots et gestes flamboyants, il a dit la vouloir. Elle respire mais elle est éteinte. Qu'il la ranime ! Qu'il l'emporte !

Lors des préparatifs du coup de force décidé à l'unanimité – en fait la voix du maître et ses fidèles échos –, Melissa, petit robot tremblant, est la plus affairée. Pas un instant elle ne songe à ceux que salissent les mots tracés au marqueur sur les banderoles fabriquées à la va-vite. Pas plus qu'elle ne s'effraie des tenues de combat que certains enfilent en cachant mal leur excitation. Rien n'a de réalité en dehors de sa volonté de complaire et d'être à nouveau remarquée.

Elle est en première ligne de leur assez maigre rassemblement où des habitants du quartier se sont aussi glissés. Elle fait bloc d'inhumanité. Reçoit la récompense du corps tendu de Marc près du sien. Se croit ressuscitée.

Et tu ne les vois pas, les silhouettes hésitantes, qui convergent vers le lieu promis.

Tu ne vois pas que votre hostilité fait rebrousser chemin aux plus échaudés, qu'ils renoncent à peine arrivés, ceux que déconvenues et trahisons successives ont transformés en écorchés rendus à la fuite par le moindre signe inquiétant.

Tu n'as pas les yeux fermés, pourtant.

C'est à la une de tous les journaux, quelques matins plus tard. On en parle en boucle sur les chaînes d'info. C'est repris et commenté partout sur la Toile. Cela force à savoir ce qu'on préférerait ignorer. Parce qu'on s'en arrange comment, de ces vérités-là, quand des marges de notre conscience, où elles ne font que dériver, elles se déversent soudain au beau milieu de nos vies, devant nos pas réglés, là où il faut alors s'en saisir ou les enjamber toute émotion abolie ?

À deux pas du centre d'hébergement d'urgence auquel des manifestants – riverains, groupuscules fascistes, élus locaux formant masse belliqueuse dont tu es, Melissa – les ont empêchés d'accéder, lui et sa mère ainsi que d'autres dont on ne sait rien, que le vent glacé a peut-être aussi tués, un bébé est mort d'hypothermie. La femme lovée dans un renfoncement, sacs et autres misérables biens autour d'elle pour tenter de repousser le froid et la nuit, berçait encore son fils quand les secours, appelés trop tard par des passants, sont intervenus. Il a fallu les emmener enchevêtrés ainsi, l'errante et l'enfant inerte dans ses bras. Une photo circule, de cette forme humaine ramassée autour de son petit qui, son corps contre elle, l'a tenue en vie et non l'inverse, d'où notre effroi. On voit un pompier faire rempart autour d'elle, de ses bras, de son buste, comme s'il avait compris qu'enlever le nourrisson à cette femme reviendrait à laisser s'échapper d'elle le mince filet de force la tenant encore debout. Le cliché porte une image fantôme, celle d'un inexorable effondrement. Dans les ombres, dans les plis des hardes et des sacs se lisent aussi les épreuves inconcevables, les membres douloureux, l'espoir à terre. À regarder, on sait. Dans son ventre, on sait. On fait ce qu'on veut et ce qu'on peut de ce savoir mais on sait. Même si d'autres drames s'annoncent déjà, chasseront celui-là, quelque chose de corrosif s'est déposé, irradiera longtemps.

Tu ne pourras éviter éternellement la confrontation.

Or il t'est impossible, au lendemain du drame, d'affronter les conséquences de ta flamme vaine.

Lorsque tu apprends la mort de l'enfant, tu te précipites au QG où dans une stupeur dénuée de pensée construite, s'organise la réplique aux accusations visant pêle-mêle les habitants au cœur de pierre de ce quartier cossu, les voyous grimés en combattants, et la Ligue nationale dont tu fais partie et qui est tout cela à la fois.

Il est beaucoup trop tard pour écouter ta conscience et ses je-te-l'avais-bien-dit-que-la-pomme-était-empoisonnée. Tu enfonces les dents plus profond, tu grondes et vocifères avec la meute. Puisque tu es dans la tempête que tu as contribué à déclencher, autant enfiler carrément l'habit, œillères et armes comprises. Tu fais la belle, babines retroussées sur tes jolies quenottes prêtes à dévorer où et qui le maître ordonnera de dévorer. Tu as repris ton blog et tout ce qu'Artémis poste illustre ce que très superficiellement tu crois désormais : la fin (une nation de nouveau fière et puissante, attentive à ceux qui, par leurs actions, leurs valeurs, leur volonté, gagnent le droit d'être choyés) justifie amplement les moyens (la guerre aux indignes, tous les coups permis). Plus le nombre de visites augmente, plus tu perds d'amis du dehors qui, aussi paumés soient-ils, voient le marigot où tu t'enfonces. Ils ont bien tenté tour à tour de t'alerter mais leurs arguments se fracassent contre ta volonté d'insuffler, fût-ce après coup, de la légitimité à tes choix. Même Garance, que ton égarement désole mais qui ne parvient pas à te détester, après avoir quémandé et obtenu un café pris en bas de chez toi sans que, joues en feu et regard opaque, tu lâches une seconde ton portable vibrant et clignotant d'alertes et de notifications, Garance si enamourée pourtant, finit par renoncer à toi.

Et puis Marc, à qui tu ne cesses de faire l'offrande de ton dévouement, continue de t'ignorer. Ou alors il flatte ton épaule lorsqu'il passe près de toi, ton épaule de bête docile, et tu ronges cet os jusqu'au prochain. Tu décortiques le geste, t'en nourris, en fais durer la furtive sensation. Tu ne demandes qu'à t'oublier dans ce rapport de maître à chien.

Mais tu rêves d'enfants hurlant sous une glace épaisse tandis que Marc et Vadim disputent une partie de pêche retransmise en direct sur les télés du monde entier. D'énormes poissons encore vivants s'accumulent à leurs pieds, font deux tas tressautant, de plus en plus hauts. Les caméras ne montrent pas les petits corps qui coulent un à un. Dans ton sommeil, tu te demandes pourquoi toi, tu les vois.

Mais tu rêves d'animaux morts dans des placards encombrés de souvenirs heureux.

Mais tu rêves que personne ne t'aide à frotter la pellicule de suie qui se dépose sur tes vitres alors que le ciel est d'une pureté aveuglante. Au moins, tu peux te débarrasser sans aide de la saleté dans ta bouche, sous tes ongles. Tu craches une salive noire. Tu cures jusqu'au sang. Ce n'est jamais assez bien pour le jury chargé de t'évaluer. Au réveil, tu te souviens d'avoir encore échoué.

Tu t'épuises tout le jour. Ton sommeil ressemble à des phases de coma entrecoupées de déambulations hallucinées sur les réseaux où Artémis s'épanouit toujours davantage aux dépens de Melissa.

Marc est de plus en plus souvent invité sur les plateaux de télévision, fait la une un jour sur deux. Si ce n'est pas lui, c'est son frère. Il a suffi de bribes d'informations biographiques savamment lâchées par les mercenaires de la Ligue nationale jusque-là dépourvue de réelle envergure, pour que Vadim ne soit plus que rarement interrogé ou cité sans consultation du jumeau, sans référence à ce double obscur dont tout scénariste aurait rêvé l'existence sans oser l'inventer. On monte donc en épingle leur rivalité. On souffle sur la moindre braise aux heures de grande écoute et en boucle sur les réseaux. Les médias, que Marc ne se prive pourtant pas de vomir en toute occasion, se repaissent de ce choc de petits titans. Personne n'a encore réussi à engager les deux frères dans un débat en direct. Ils se répondent d'une émission à l'autre, de tribunes en tribunes ou à coup de petites phrases glissées dans des entretiens prétextes à ces joutes en différé. Marc s'y délecte d'interpeller son frère sous son véritable nom. Ce cher Jacques, ce pauvre Jacques, mon vieux Jacques, martèle-t-il. On fait mine de s'en étonner. Je ne sais pas qui est Vadim, affirme-t-il avec un sourire plus féroce qu'un cri. Sa cible est imperturbable, invoque la jalousie, dit comprendre que tant d'échecs et de solitude rendent amer. Il impose son pardon. Que Marc évidemment dédaigne. Sous la colère ou le flegme feints, ils peinent l'un et l'autre à cacher qu'ils s'amusent. On attend les rebondissements. Ils laissent leurs équipes souquer dans l'entre-deux.

Melissa, désespérant de regagner l'attention de celui qui, croit-elle, l'a révélée à elle-même, s'est arrangée pour qu'on fasse le lien entre Artémis et elle. La stupeur passée – personne n'aurait imaginé la prêtresse caustique et inventive du Net sous les traits d'une jeune femme aussi quelconque –, elle a été promue responsable de la communication numérique. Dans l'état de transcendance où elle se trouve, elle oublie sa terreur d'échouer. Elle orchestre avec assurance une symphonie de fake news et de rumeurs infâmes répandues par ses troupes, une mélopée d'idées sans autre consistance que l'attaque tous azimuts du frère ennemi. Elle s'enivre du pouvoir qu'elle pense exercer sur le cours des choses et, comme quiconque souffrant d'addiction, elle la nie, veut continuer de s'y adonner. La parade amoureuse vire à la pathologie. Sa conscience a bien quelques soubresauts mais Melissa l'endort en lui jetant des souvenirs arrangés comme du mauvais rhum, des trajectoires et des épisodes familiaux ou professionnels revus pour donner raison à son égarement. Ses parents, ceux-là mêmes qui il y a peu l'agaçaient tant, ne sont plus des

Français moyens aux rêves modestes, avant tout épris de confort et de tranquillité, mais les nobles enfants d'une génération d'immigrés qui aimaient et respectaient la France, eux, qui avaient le sens de l'effort et l'esprit républicain. Elle ignore consciencieusement sa mémoire insolente quand celle-ci lui rappelle que sa mère n'a jamais estimé utile de voter et que s'il avait fallu, en politique, prendre au mot son père devant le journal télévisé, on en serait quitte pour constater un beau gâchis. Lorsqu'ils cherchent à la joindre, elle esquive, ne prend surtout pas le risque d'être tirée de sa fantasmagorie.

Ses propres déboires avant la rencontre avec son prétendu sauveur deviennent la preuve même que le pays ne sait plus reconnaître le mérite de ses enfants légitimes. Ainsi peut-elle relayer et amplifier sans ciller des déclarations et des théories qui devraient être une insulte à son intelligence si celle-ci n'était pas étouffée par toute cette agitation, ce bruit, ces écrans de fumée destinés, au fond, à la protéger des rêves de la nuit.

Tu sais pourtant que Marc est une élucubration.

Tu devrais le savoir. Tous les éléments sont étalés en désordre devant tes yeux. Tu es trop près. Tu vois des points épars que tu te refuses à relier.

Il affronte à l'antenne des adversaires qu'en coulisse il a accueillis avec effusions. Tu les surprends maintes fois plus larrons qu'ennemis, lui et les leaders politiques ou religieux visés par ses attaques éloquentes. Il déjeune avec l'engeance journalistique soi-disant honnie et trinque avec la vermine féministe. Il est reçu chez les ténors du barreau qui défendent ce qu'il dit abhorrer. Tu as vu s'afficher sur l'écran de veille de son portable des fragments de dialogues fraternels et souvent salaces avec ceux qu'il désigne en public comme des parasites, des profiteurs, des sangsues, des décérébrés avides de gains – et dans ce vaste ensemble il fourre en vrac artistes et penseurs montrant des velléités d'engagement, chroniqueurs s'en prenant à lui avec trop de délectation, c'est vrai, pour être irréprochables, avocats et entrepreneurs humanistes jugés corrompus ou dénoncés pour leur cynisme – et là aussi, les échanges débonnaires de messages semblent une confirmation. Surtout, tu as lu les pages affreuses et mesquines du carnet.

Tu pourrais, si tu prenais le temps de te poser pour recomposer le tableau d'ensemble à partir du présent syncopé qui te sert de réalité depuis la nuit de l'enfant mort, rassembler de quoi t'ébrouer. Mais tu as tes ombres sur les talons.

Et tu espères toujours que l'indifférence du maître ne soit qu'un jeu, une preuve supplémentaire de la complicité qui au nez et à la barbe du reste du monde vous lie. Il t'a répudiée avant ne serait-ce qu'un début d'union et tu t'entêtes à te croire élue. À ses côtés, ton souffle est encore suspendu. Ton corps attend l'occupation.

Un matin d'énervement, alors qu'un sondage donne Vadim gagnant, et de loin, aux municipales où il se présente sans étiquette mais porté par sa télégénie et son grand mouvement citoyen, Marc te consomme pour se calmer. Il n'y a pas trace, dans cette saillie, du regard qui t'avait tant flattée. Ni admiration ni douceur. Pas même une sensualité brutale, un appétit impatient et égoïste dont tu aurais su t'accommoder. Il prend pour passer ses nerfs. Il te prend toi parce que tu te trouves à sa portée. Il gagne, là, sur ton corps qu'il tord, ouvre en deux, sur ton corps glacé qu'il a pourtant juste assez dénudé pour entrer et vite se répandre. Tu es un terrain vague, tu le comprends alors qu'il rajuste déjà sa chemise dans ton dos. Ça crève en toi comme un orage et tu es enfin sauvée.

Incapable d'affronter le silence de son studio, où elle serait seule avec ses pensées en roue libre, Melissa courut se réfugier auprès de son amoureuse transie. Elle savait pouvoir compter sur Garance pour l'accueillir et la consoler sans la juger. Elle ne songeait pas une seconde à la peine qu'elle risquait d'infliger en déposant son propre chagrin et sa confusion entre les bras de celle qui ne demandait qu'à tenir ce rôle mais espérait de tout son être qu'il serait pour son adorée l'occasion, enfin, d'une révélation.

Melissa ne prit pas soin de s'annoncer. Elle sonna à la porte de Garance et sans demander si elle dérangeait, se jeta en sanglotant sur le convertible encore ouvert, se jeta donc sur le lit défait de celle qui depuis des mois la désirait, et y demeura longtemps prostrée, nauséeuse, alternant logorrhée et mutisme. Garance, dans un état d'extrême fébrilité, folle de joie aussi, au fond, et tentant de le dissimuler, avait décidé de ne pas aller travailler. Elle accompagnait du mieux qu'elle pouvait les confidences, lamentations et spasmes de Melissa. Elle ne se risqua pas à lui dire qu'elle l'avait prévenue du danger. S'il fallait être un mouchoir, une oreille, un miroir réparateur, elle serait tout cela. Melissa passa des heures la tête sur les genoux tremblants de Garance, qu'elle laissait lui caresser doucement les cheveux. Par moments, après avoir creusé du museau comme un jeune chat, elle calait son visage dans le cou de son amie, savourant ce refuge doux, cette sensation d'enfance oubliée. Garance était heureuse, voulait davantage, ne voulait que cela, rendait grâces à l'affreux qui lui avait servi Melissa attendrie et brûlante sur un plateau, se sermonnait pour de telles pensées, y cédait avec volupté.

Melissa finit par s'endormir contre Garance qui n'osait pas bouger, apprenait par cœur ce souffle, les petits bruits d'animal blessé, les mèches folles qui lui chatouillaient les narines mais qu'elle ne voulait surtout pas repousser. Elle ignorait si elle consignait le début de leur légende ou engrangeait des souvenirs avant que cette félicité lui soit reprise. Elle ne réfléchissait pas, s'abreuvait au malheur qu'on était venu lui confier.

L'esprit de Melissa était ailleurs, dans un enfer hors du temps où il suivait avec effroi l'enchaînement de ces derniers mois. Il cherchait des ruptures, des chocs, des déflagrations pour expliquer un tel égarement. Mais ce qui défilait était une succession de renoncements : à la volonté, à des valeurs qu'on avait cru chevillées, à l'estime de soi et pour finir, à soi.

Et l'image de la mère berçant son enfant mort, cette image-monstre qu'elle avait contribué à engendrer, ne cessait d'affleurer, l'écrasait comme le poing d'un géant furieux dès qu'elle croyait s'apaiser un peu.

Dans le présent suspendu, la fée Garance déployait des sortilèges de tendresse et de murmures bienveillants. Quelques étreintes s'ébauchèrent, entre veille et sommeil, que l'une et l'autre, la parenthèse refermée, ne seraient pas sûres d'avoir vécues.

Personne de la Ligue ne cherche à te recontacter. Tu as pourtant quitté la scène du jour au lendemain et effacé toute trace récente d'Artémis sur la Toile. Tu as désactivé tes différents profils, supprimé cette identité avec autant de soin qu'un meurtrier sur les lieux de son crime. Tu ne conserves, dans les archives de ton blog, que tes premières vidéos, maladroites mais au moins sincères, les textes témoins de ton innocence au moment de ton installation à Paris. La nouvelle Melissa s'est retirée du jeu, or la communication de Marc n'a pas faibli. Tu en es vaguement blessée. Tu n'es décidément indispensable à rien ni personne. Partir fut ta décision. Spontanée, urgente, vitale. Mais tu ajoutes malgré toi un sentiment d'humiliation à ce gâchis.

Garance assistait impuissante à ton désarroi. Elle voyait presque sur ton visage le conflit que se livrent en toi amour-propre et raison. Elle a battu le rappel de la bande, qui ne s'est pas fait prier.

Et tu découvres que la mauvaise foi, l'exagération, l'emphase, sont un baume quand ils servent à te consoler. Tu n'as pas su pardonner à tes amis leur imperfection et tu t'en veux de cela aussi. Tu ignores ce que tu aurais fait de ta rancœur, à leur place. Car, quand même, tu les as tout bonnement rayés de ton existence depuis des mois. Mais ils sont là, à cabotiner et jeter vers toi des bouées pour te tirer de ton marasme. Peu importe la pertinence de leurs propos. Ce qui compte et te bouleverse, c'est leur empressement à te ramener dans leur cercle où tu n'es pas le pantin d'un attiseur de haine. Tu te laisses un peu flotter dans ce qui n'est pas l'oubli, non, mais un répit entre deux vagues de nausée. Car tu es passée sans transition de l'égarement à un profond dégoût. Contrairement à tes amis, tu ne te trouves aucune excuse. Ni la difficulté des temps, ni la société incapable, selon eux, de te proposer une voie digne de toi, n'expliquent à tes yeux le bourbier dans lequel tu t'es mise. Tu ne vois aucune circonstance atténuante à ta faute.

Et les images de la femme berçant son enfant sans vie n'attendent plus la nuit pour te coloniser.

Tu ne tiens au monde que par un fil où s'entremêlent la sollicitude de tes amis et le souvenir à demi effacé d'une enfance modestement heureuse quand Kiki te propose de partir avec lui. Où tu voudras, dit-il, pourvu qu'on se tire d'ici. C'est encore l'un de ses caprices d'héritier, tu le sais bien, mais tu n'hésites pas longtemps.

Il a de la famille partout où ton imagination projette votre cavale.

Tu le laisses choisir votre première destination.

DEUXIÈME PARTIE

Les errances

Ce serait donc New York et, plus précisément Manhattan, où Kiki comptait un oncle et de nombreux amis.

Melissa partit sans avoir embrassé ses parents – elle avait préféré ne pas s'exposer à leurs sermons ou à leur inquiétude de petites bêtes sortant peu de leur terrier – ni réglé ses factures – elle avait laissé, dans la vacance de sa raison ces derniers mois, son découvert se creuser. Et l'enfant mort gisait sous sa pensée en berne, ne cessait d'émettre ses radiations. Ainsi, sa conscience pesait plus lourd que sa valise presque vide : Kiki s'était mis en tête d'emmener son amie « shopper like crazy ». Il faut que tu arrêtes avec ton uniforme jean noir-chemise blanche. And you need a new haircut. L'anglais, chez lui, n'était pas une pose. Il avait passé tous les étés de sa jeune vie à l'étranger, avec ou sans ses parents. Le personnel, virevoltant autour d'eux partout où ils résidaient, s'adressait à lui dans cette langue qui était aussi celle des séries et des jeux que le garçon riche et souvent esseulé ou flanqué d'adultes oubliant sa présence sage, consommait sans que quiconque songe à le limiter.

Kiki, ivre d'aisance dans les appartements huppés donnant sur Central Park comme dans les soirées underground et souvent hardcore où il se jette une nuit sur deux, entraîne partout sa darling Melie – personne ici ne saura prononcer « Melissa », a-t-il décrété alors que leur avion se posait, and you'll be somebody new. Elle ne se sent à sa place nulle part, se souvient de son arrivée à Paris et retrouve toutes les sensations d'alors : par un pénible dédoublement se voit paysanne sans grâce chez les riches trumpistes pourtant d'une vulgarité que Melissa n'est pas assez assurée pour reconnaître et juger, est admirative et inhibée parmi les progressistes non moins fortunés, et se constate dépourvue de style, de panache, et même de la simple capacité à formuler un avis, dans les milieux arty qu'elle et Kiki fréquentent plutôt la nuit. Elle se tait, la plupart du temps, oublie tout ce qu'elle a appris tant elle est envahie par ce sentiment d'être déplacée. C'est comme si on l'avait vidée de sa personnalité pour la remplir d'une ouate grossière. Au moins, cet embarras l'occupe, étouffe un peu ses remords. Elle tente quelques drogues qui ne lui procurent que terreur et nausée, au mieux un engourdissement. Privée du vélo exutoire, elle court dès qu'elle peut dans les allées du parc.

Pris dans la Toile, le monde est une cage. Melissa a beau ne pas chercher à savoir ce qui se passe en France depuis leur départ, les nouvelles dérivent jusqu'à elle, flottent sous ses yeux avec un entêtement de cauchemar. Des magazines ont reconstitué le parcours de la mère à l'enfant mort de froid. Ces deux-là ont surmonté tant d'horreurs que l'issue fatale dans une ruelle parisienne semble plus inacceptable que tout ce qui a précédé sur leur chemin d'exil. Melissa ne résiste pas longtemps à l'envie morbide de lire la moindre ligne les concernant, entretient sa culpabilité, imagine qu'il y aura une limite, un fond où se poser à force de s'enfoncer ainsi dans le dégoût de soi, et d'où, peut-être, remonter.

Le combat des frères catcheurs se poursuit aussi, Vadim de plus en plus christique, grotesque vu de là où Melissa se tient, Marc sulfureux et éructant, fascinant, sans doute, pour qui cherche l'incarnation au moins flamboyante – il a le sens des formules et le geste large, dépourvu d'inhibition – de sa propre incapacité à être heureux malgré les injonctions. Maintenant qu'elle s'est éloignée, Melissa a quant à elle beaucoup de mal à comprendre comment cet homme l'a, certes brièvement, conquise. Elle scrute les images de lui sur son écran, espère, même si c'est absurde, qu'une étincelle, une vérité, un élan, quelque chose jaillira dans les détails grossis cent fois de ce visage ni beau ni laid que les photographes saisissent souvent grimaçant, coins des lèvres vers le bas, sourcils haussés, paupières quasi closes. Ce spectacle pixellisé est la plus puissante des drogues qu'elle consomme en cette période de mol égarement.

Kiki est le mécène, à la générosité semble-t-il inépuisable, de leur échappée. Il a l'élégance de ne pas le souligner, de se comporter comme si l'argent était une chimère, un sortilège que l'on convoque à la demande sans que cela pèse sur qui que ce soit. Malgré tout, Melissa peine à s'accommoder de la situation.

En quelques semaines, la température a chuté. Les deux amis décident de fuir les rues de Manhattan où siffle en permanence, désormais, un froid glacial. Et Melissa veut essayer de gagner un peu d'argent. Elle n'en a pas parlé à Kiki car elle sait qu'il protesterait. Mais lorsqu'il suggère Key West, pour sa communauté gay que Kiki multiorienté aime à fréquenter, pour Hemingway et Tennessee, et parce qu'une vague tante y possède une maison, elle se dit qu'elle y trouvera peut-être à se faire embaucher au noir dans des bars ou des hôtels de plage. Ils prendront le bus, pas question que Kiki paye deux billets d'avion. Le jeune homme accepte en maugréant mais ne sera pas moins à l'aise dans cette faune triste que dans les endroits chic où ils sont passés depuis leur arrivée. Ils dorment l'un contre l'autre comme des chatons, se réveillent égarés, membres gourds, mais soulagés du poids constant des choix, des obligations, des regards, commandent pour trois sous, dans les fast-foods des gares routières noyées de brume, puis d'une tiédeur humide à mesure de leur progression vers la Floride, des portions XXL de mauvaise nourriture arrosée de sodas géants qu'ils se partagent, complices, avec une délectation coupable sans en venir à bout. Il y a de quoi rassasier une famille nombreuse mais beaucoup, autour d'eux, sont assez affamés ou vides pour en faire à eux seuls leur affaire ainsi que de desserts non moins disproportionnés. Aussitôt après l'orgie, alors qu'ils baignent encore dans des odeurs de friture et de sucre chaud, l'écœurement prend les deux amis. Ils se regardent incrédules et un peu honteux. Rient de leur mine plus chancelante que repue. Savent qu'ils recommenceront.

Le voyage, entre grisaille, néons et petits jours blêmes, est un temps heureux.

Et leur séjour, au début, ressemble à des vacances.

Il y a la lumière éblouissante et la mer en haie d'honneur le long de la route des Keys, qui fait se redresser Kiki et Melissa jusque-là somnolents, toujours à digérer un énième mauvais repas. On veut être digne d'un tel éclat. On frotte ses yeux, tourne la tête en tous sens, tente d'abolir mentalement la fraîcheur de la climatisation pour anticiper la chaleur moite. On est gagné par une joie d'enfant.

Il y a l'arrivée au bout du bout de la terre états-unienne, dans cette île déjà caraïbe d'où l'on pourrait presque toucher Cuba. Les corps endoloris mais heureux aussitôt que les étreint l'air tiède chargé d'odeurs, de sensations étrangères et douces, une brassée de cadeaux de bienvenue.

Il y a, un peu à l'écart du centre historique, le vaste cottage de la tante, sa façade de bois blanc rongée par les embruns, son porche envahi d'une végétation qui nous a précédés et nous survivra, qui nous tolère et ainsi, nous concède la jouissance de sa beauté dense, libre, presque inquiétante, le parfum des fruits pourrissant toujours quelque part, qui se mêle à celui des fleurs et qu'on finit par aimer.

Bridget, leur hôtesse, est une douce excentrique jamais mère et quatre fois veuve, qui compose de petits livrets poétiques constellés de feuillages et autres fins débris collés un à un sur un papier granuleux plié et cousu à la main. Elle les sème dans la maison, les offre à l'issue de soirées où tout ce que l'île compte d'illuminés se réunit pour lire à voix haute et boire et chanter à la lueur des bougies. Melissa et Kiki y sont conviés dès le premier soir, présentés à tous comme des visiteurs de choix, invités à participer dans leur si charmant français, et Melissa, bercée par cet ailleurs étrange et accueillant, la fatigue du voyage émoussant ses défenses, ouvrant une brèche d'où s'insinue un goût ancien pour la saveur des mots, se lève et récite un long poème appris à l'école, oublié tout ce temps, redécouvert et dégusté frissonnante alors qu'il s'écoule d'elle en un flot évident jusqu'aux applaudissements nourris.

Suivront des jours de baignade et de navigation sur les eaux translucides, de langouste pêchée le matin même et mangée sans cérémonie, journal étalé pour protéger la table du jardin, chair trempée dans le beurre fondu, doigts poisseux, de packs entiers de bières de moins en moins fraîches descendues au goulot en riant, sur la plage ou un ponton, face à d'invraisemblables couchers. Des jours sans pensée, empilés haut et fragiles entre Melissa et ses ombres.

Dans le monde à la fois ouvert et restreint des routards et des marginaux, artistes fauchés, pour la plupart, qu'inévitablement vous côtoyez sur ce pan de terre très particulier qu'est Key West, tu te sens pour la première fois en famille. Kiki aussi, mais lui a l'assurance propre à ceux qu'on a élevés dans la certitude de leur exception. Ce sentiment, il l'éprouve où qu'il soit. Si ce n'est pas immédiat, il convoque dans la seconde les ressources nécessaires à son adaptation. L'expérience est pour toi inédite. Tu te trouves des affinités avec chacun de ceux qui composent le petit peuple des exilés volontaires. Certains ne sont que de passage, poursuivront plus au sud ou sur un continent différent un périple entamé des mois plus tôt. D'autres sont arrivés dix, vingt, trente ans auparavant et jamais repartis. Mille nationalités sont représentées sans que cela détermine les rapprochements. Tu aimes ce brassage d'accents et de physionomies. Tu repenses aux haines recuites de Marc et de sa clique et rêves de les lâcher au milieu de cette faune magnifique. Tu as de brèves poussées de honte en songeant à tes égarements récents et à leurs conséquences, mais tu entrevois chez nombre de ceux qui ont pris la route et s'attardent en ce lieu des zones secrètes, des ombres semblables aux tiennes que, tacitement, on choisit de ne pas révéler. Les relations ténues et légères qui se tissent ici permettent une telle omission.

Autre chose te séduit d'emblée. On vit sur l'île avec peu même si le lieu est aussi prisé des très riches. Les plus démunis sont moins éprouvés qu'ailleurs et conservent suffisamment d'énergie pour un peu mieux que la simple survie. Des punks à chien se baignent à l'aube tous les jours et se voient parfois offrir un café fumant par un habitant ou le patron d'un restaurant du front de mer. On les connaît. On n'a pas peur d'eux. De vieux hippies font leur yoga sur la jetée. Des artistes sans âge vendent trois babioles aux touristes sur le marché, rendez-vous flamboyant des originaux. Aux dernières lueurs du jour, les jongleurs et les musiciens se produisent au milieu des déambulations. Tu aimes ce spectacle humble et joyeux qui fait communier ensemble, au nom du majestueux couchant, vacanciers débarqués des navires de croisière, habitants historiques ou éphémères de l'île et vagabonds volontaires, dont tu es. Car tu le sais, tu quitteras bientôt la maison de bois blanc pour des lieux plus précaires.

Tu te métamorphoses et, comme toujours, ton corps parle le premier. Le soleil, la nage quotidienne, les longs déplacements à vélo – la tante en a mis, déglingués mais ils roulent, à votre disposition –, ont commencé à te transformer. Tu as coupé tes cheveux à la garçonne et tu dois reconnaître que Kiki avait raison : tu découvres dans ton nouveau reflet des traits singuliers, les yeux un peu trop écartés, notamment, qui te donnent un charme étrange, maintenant qu'on les voit mieux. Sans l'avoir décidé, tu te défais d'une enveloppe terne, te réinventes en plante déliée et libre et tu en ressens déjà une euphorie que Kiki perçoit. You're glowing, sweetie, te félicite-t-il et tu entends, mêlé au compliment sincère, un soupçon d'inquiétude. Il t'a jusqu'à présent été indispensable or il ne l'avait jamais été pour personne. Une Melissa neuve est en train d'éclore sous ses yeux, qui n'aura sans doute bientôt plus autant besoin de ce qu'il aime considérer comme sa magie : faire disparaître tout obstacle matériel et aménager la route sous les pas de son amie. Placer les bonnes personnes sur son chemin. Kiki voit la jeune femme plus affirmée que tu deviens, s'en réjouit mais se prépare aussi, secrètement et à regret, à ton émancipation prochaine.

Du fond de son éducation, Melissa sent remonter une gêne croissante d'être entretenue, fût-ce par un ami ne demandant que ça. Si elle devait citer une valeur transmise par ses parents, ce serait bien celle du travail et de la dignité que, selon ce qu'on lui a inculqué sans discours, par incarnation, il confère. D'où leur peu de fierté – exprimée en tout cas – à voir leur fille s'engager dans une voie certes prestigieuse mais abstraite à leurs yeux. Et les événements récents leur donnent raison. Après ces quelques mois à accepter le mécénat bon enfant de Kiki, Melissa a décidé d'être autonome, quoi que cela implique. L'héritier, réticent à l'idée de perdre tout à fait ce rôle de bienfaiteur qui ravaude au moins provisoirement ses propres déchirures, a proposé de passer des coups de fil. Son réseau est vaste et multiforme, l'offre est attrayante. Mais ce serait troquer une facilité contre une autre. Impossible, bien sûr, sans cette aide, d'espérer un poste un tant soit peu à la hauteur de la formation qu'a reçue Melissa. Elle est ici clandestine, sait qu'elle devra se contenter de jobs mal payés, de quelques billets concédés à la semaine, à la journée ou à l'heure. Cela se résume plus ou moins à du ménage, chez des particuliers ou dans les motels les plus miteux de l'île.

Elle commence par quitter le confort du cottage. Elle a de toute façon perçu une sorte de lassitude chez Kiki. Leur escapade ne l'amuse plus maintenant que Melissa semble vouloir en faire un projet temporaire de vie. Elle est prête à parier qu'il ne va pas tarder à rentrer en France. Bridget ne la mettrait pas dehors pour autant mais elle a besoin d'un lieu plus conforme à sa situation véritable : une cavale, un effacement, une remise à zéro de tous ses compteurs intérieurs. C'est à ce prix que la honte, peut-être, perdra un peu de son incandescence.

Melissa enchaîne alors hébergements rudimentaires – auberges de jeunesse, colocations foutraques, mobil home branlant ou tente rapiécée – et jobs sans gloire qu'elle décroche de fil en aiguille, recommandée par des compagnons de débrouille. Elle conservera de cette période une pelote emmêlée de souvenirs heureux ou glauques, un écheveau de fil doux et de barbelés :

Dans les lits de passage, de belles étreintes sans lendemain, qui n'engagent que les corps mais avec fougue.

Après des journées harassantes où l'humiliation est souvent au rendez-vous, des conversations sous les étoiles ou vautrés dans des sofas défoncés avec des presque inconnus.

Au hasard des chambres d'hôtel à nettoyer, les restes de nourriture – pizzas froides, à la consistance de caoutchouc, fins de burgers pris dans la graisse figée – que parfois elle avale le feu aux joues, les pourboires glissés dans des cartes pornographiques, la crasse de vingt lycéens entassés ensemble pour Spring break et sous substance du matin au soir, leur indifférence alors qu'ils ont le même âge qu'elle à quelques années près.

Les buffets apéritifs gratuits pendant les happy hours des palaces, où elle prend l'habitude de se nourrir et fanfaronner avec ses amis fauchés.

Elle étendue sur la chaussée, tibia probablement cassé, comme son vélo, après avoir été renversée par un 4 × 4 qui ne s'est pas arrêté, les ambulanciers annonçant avant de la soulever du sol le prix exorbitant de leur intervention. Qu'elle est bien obligée de refuser.

Le plaisir, délicieusement coupable, au début, quand on a été programmée pour accomplir et raisonner, puis abrutissant, de mettre sa pensée au repos en s'adonnant à des tâches simples et répétitives.

La lubricité pavlovienne dans le regard des gérants d'hôtel ou de restaurant lorsqu'ils entendent son accent français.

Son admiration pour les jeunes routardes qui ont le cran de se produire dans des bars topless et d'en rire ensuite en racontant les clients aux yeux de loups.

Une vieille maniaque exigeant qu'elle nettoie à quatre pattes, armée d'un chiffon humide, les poils de ses chats persans sur un tapis qui l'est aussi.

Les policiers l'interpellant sur dénonciation alors que, se croyant seule, elle a plongé seins nus d'une jetée et profite du soleil encore doux pour sécher avant d'enfiler sa tenue de travail. Leur manière est d'autant plus virile et brutale qu'eux aussi comprennent d'où elle vient alors qu'elle tente de s'expliquer. Ils sont debout et campés sur leurs jambes. Elle n'a pu redresser que la tête. *You don't do that here, miss. You could end up in jail,* aboie l'un tandis que l'autre ramasse le tee-shirt de Melissa du bout de son pied botté et le lui lance ainsi qu'une pitance à un être vil et contagieux.

Ce trentenaire rencontré alors qu'elle vend aux touristes des billets de bateaux dont le fond en verre permet d'observer le monde sous-marin. Melissa ne sait plus comment la conversation s'engage entre eux mais celle-ci est vive et charmante et il finit par confier qu'il doit ramener sa voiture chez lui, dans l'État de Washington. Il ne dédaignerait pas un peu de compagnie pour ce long périple. Il laisse son adresse, à Pittsburgh. Ne croit sans doute pas que la jeune fille le prendra au mot. Elle sonnera à sa porte l'automne suivant.

Fusillade à Pittsburgh : L'association juive d'aide aux migrants HIAS, visée par des messages haineux du tireur de Pittsburgh, est plus déterminée que jamais à favoriser l'accueil des réfugiés.

Voilà ce que tu lis sur ton écran où l'actualité s'invite sans que tu l'aies choisi. Car le hasard, ce clown triste, te voit arriver quelques jours après l'attentat qui a fait 11 morts dans une synagogue de la ville.

Tu somnolais à l'arrière d'une voiture partagée avec d'autres voyageurs quand la fusillade a éclaté en plein service célébrant la naissance d'un enfant. Vos fils d'info se sont tous animés peu de temps après. N'ont pas cessé depuis de déposer sur la Toile bribe après bribe de descriptions, d'éléments vérifiés à la hâte et censés circonscrire ce énième drame de la xénophobie et des armes à feu dans un pays qui en tient le compte comme d'un élément – horrifique mais récurrent – du quotidien.

À nouveau, ta honte flambe. Il y a huit mois de cela, Mehdi mourait, victime collatérale de ton égarement.

Tu as eu beau tenter de le semer, son souvenir n'a jamais déserté ta conscience. Tout juste était-il enfoui un peu plus profond.

Ces gens ont été fauchés dans un moment de foi et d'abandon parce qu'en plus d'être juifs, autant dire coupables et honnis par transmission, ils avaient le culot d'ouvrir les bras à ceux qu'à la Ligue, vous considériez comme des indésirables. Dans les discussions et diatribes que tu te remémores aujourd'hui malgré toi, les réfugiés étaient toujours évoqués en tant qu'entité nuisible et anonyme, jamais comme des personnes distinctes, aux parcours multiples et singuliers comportant chacun son propre mélange de joie et de douleur, entraînés par l'espoir ou l'instinct nous dictant de rester au monde, coûte que coûte. Marc et ses sbires – dont toi, ta conscience le martèle, ne t'autorise pas l'oubli – vomissaient leur bile sur une masse informe. La haine veut toujours ignorer les visages.

Alors que tu croises l'émouvante démonstration d'humanité des victimes du tireur, une idée germe en toi, petite pousse fragile que tu chéris, qui, en grandissant, te redresse. Dès lors tu ne fuis plus, tu avances à ta rencontre.

Tu as quitté Key West trois jours plus tôt. Tu commençais à tourner en rond et les tâches abrutissantes ternissaient le peu de plaisir que tu t'évertuais à cueillir dans les moindres recoins : relations éphémères, incandescentes et d'une liberté enivrante, récits de vie confiés plus volontiers au cœur de la nuit, et toujours les saveurs, les couleurs, les parfums, les sensations – pluie lourde et chaude, vent odorant, mer accueillante, tout cela menacé par l'ineptie des corvées, leur effet mi-colle mi-boue.

Le ticket sur lequel le touriste liant avait noté ses coordonnées survivait, froissé, au fond de ton sac à dos. Tu avais bien compris qu'il fanfaronnait ou qu'au mieux, sa part de sincérité, son désir véritable de te voir débarquer chez lui étaient dérisoires. Suffisants, toutefois, pour le pousser à ce pari auquel tu décidas de répondre par un pari : tu irais le rejoindre sans le recontacter au préalable. Tu te glisserais par la porte qu'il avait à peine entrebâillée. Une telle audace ne te ressemblait pas et peut-être espérais-tu autant un rejet net et franc que l'accueil avec ce qu'il contenait d'inconnu. Tu ne savais rien de ce jeune médecin affable en dehors de son projet de traverser avant les fêtes de fin d'année le pays d'est en ouest. Tu pouvais toujours te convaincre que les Américains sont assez pragmatiques pour vouloir très exactement ce qu'il avait affirmé : quelqu'un à ses côtés durant les longues heures de route. Et qui, en dehors d'une jeune voyageuse sans obligations, pouvait se permettre une telle interruption dans une existence affairée ? Tu mesurais toutefois le risque d'agir en gibier en t'en remettant ainsi au sort.

Tu as appelé tes parents, officiellement pour les prévenir sans entrer dans les détails, de ta transhumance prochaine, officieusement pour faire réserve de leurs voix. Tu as profité de la première occasion de covoiturage, as laissé l'île derrière toi en te promettant de n'oublier aucune de ses beautés éparses. Personnes et paysage, dons reçus sans lien, sans direction, qui ne font pas une vie.

I'm at your door.

Melissa n'a pas sonné, préfère appeler le numéro qu'il lui a confié et ainsi se faufiler par la voix dans la vie de Ryan Buckley, dont elle perçoit la surprise au silence qui suit.

Il ouvre cependant quelques secondes après, mug à la main et cheveux en bataille. Il vient visiblement de se lever, baigne encore dans une intimité tendre qui fait à Melissa l'effet d'une étreinte et même d'un baiser alors qu'il se garde bien de s'approcher. Elle le trouve plus beau que dans son souvenir, cet homme encore plein de nuit, redoute soudain qu'il se défile, a déjà des visions de trajets interminables à travers les immensités du pays, frôlements inventant un désir, entraînant d'autres frôlements, leurs corps mêlés, peut-être, le soir venu. Elle veut aussitôt, violemment, cette parenthèse, la veut plus qu'elle a jamais voulu quoi que ce soit, formule à part elle un semblant de prière en attendant qu'il parle et l'invite à entrer, à rester, à revenir, peu importe du moment qu'il répète sa proposition lancée des mois plus tôt, elle perchée sur un tabouret haut au comptoir de la guérite de vente, lui les yeux rieurs levés vers elle, curieux d'elle, accueillant le mystère qu'elle représentait sans doute pour lui, la défiant par jeu. Par folie. Par une nécessité soudaine et irraisonnée ?

So you came, dit-il enfin en reculant pour la laisser pénétrer dans sa maison à moitié vide et jonchée de cartons puisqu'il se prépare à se réinstaller sur la Côte ouest, où il a grandi. C'est ce qu'il explique en désignant le désordre. *I was getting ready to hit the road. Perfect timing. You could have called, though. I can't leave before tomorrow so you'll have to spend the night here, if it's ok with you. The bed is staying so you'll take it and I'll sleep on the floor. It will remind me of summer camp.*

Tout ce que Melie/Melissa entend dans ce flot nerveux et souriant, c'est qu'elle est exaucée. Ryan ne s'attendait visiblement pas à sa venue, avait sans doute oublié son offre ou pensé que jamais cette jeune fille, aussi audacieuse fût-elle, ne se présenterait à sa porte avec une telle confiance, ou candeur, ou inconscience. Mais il ne se dérobe pas. Ils seront ce point sur la carte qui trace un chemin tranquille d'un bord à l'autre du continent.

Ils occupent tout ce premier jour à finir d'emballer ensemble les affaires de Ryan sans que cesse un bavardage où chacun commence à se dévoiler.

Ryan est le plus jeune de huit enfants élevés par une mère courage veuve à trente ans. Il rentre pour se rapprocher d'elle et de ses frères et sœurs. Les réunions de famille bruyantes et mouvementées qu'il prend un plaisir visible à décrire en imitant les uns et les autres sont aux antipodes de ce que Melissa a connu. Elle veut quand même livrer de jolies choses, cherche dans sa petite enfance les souvenirs les plus proches de la joie. Tout ce qu'elle trouve à raconter est tellement français que Ryan s'en délecte comme d'un paysage exotique. Il pose mille questions naïves et touchantes qui composent une vision charmante mais datée, romanesque. Ryan aime la littérature et le cinéma français d'avant-guerre et ça se sent. Melissa ne s'en offusque pas, nourrit au contraire – et sans mal : elle a grandi dans un monde immuable, figé dans une désuétude dont elle n'a pris conscience qu'en le quittant – ces fantasmes qui les tiennent éloignés d'une réalité plus brutale.

What is it about you that is so attractive? You're not so pretty, s'interroge Ryan alors qu'ils se sont accordé une bière sur le perron avant de reprendre le rangement. Il dit cela comme pour lui-même, en observant Melissa à la manière d'un médecin dépassé par les symptômes de son patient, sincèrement intrigué, et ignorant du trouble ambigu qu'instille sa drôle de question.

Ça commence comme un film américain.

Vous prenez la route dès l'aube le lendemain. Tu as dormi dans le lit de Ryan et lui à tes pieds, ainsi qu'il l'avait annoncé. Vous avez continué à parler une partie de la nuit, retrouvant la configuration de votre rencontre : toi plus haute que lui, l'éclat de son regard levé vers toi, l'élan de sa voix vers la tienne lorsque vous avez décidé d'éteindre en jurant de vous taire, de dormir enfin car il ne restait que quelques heures avant que le réveil ne sonne, au lever du jour. Tu ne sais plus lequel de vous deux a cédé le premier au sommeil mais ce que tu retiens et qui t'enchante, c'est que ni l'un ni l'autre vous n'avez mis un terme volontaire à votre conversation décousue, spontanée, alternant saccades – quand tu cherches en t'agaçant un peu le mot juste dans cette langue qui n'est pas la tienne – et fluidité, un air de jazz avec ses solos et la complicité croissante des deux joueurs emportés.

Tu n'aurais pas été choquée qu'il te rejoigne sous les draps, même s'il est de quinze ans ton aîné. Tu l'as souhaité tout en trouvant merveilleux qu'il n'en fasse rien. Et tu sais que la traversée sera plus exaltante si vous vous résistez au moins un peu. Mais peut-être que lui n'a pas eu besoin de volonté pour rester à distance. Après tout, il l'a dit, tu n'es pas si jolie. Tu jurerais malgré tout que tu lui plais – d'une certaine manière, il l'a dit aussi – et que ta présence à portée de peau, dans l'habitacle étroit de sa voiture, confère à ce voyage obligé et prévu depuis des lustres un tour incertain et excitant.

Vous roulez sans hâte des heures durant. C'est une version plus libre et plus lumineuse du périple accompli avec Kiki quelques mois plus tôt. Ton état d'esprit a changé. Tu as changé. Tes proches restés en France peineraient à reconnaître dans la jeune femme athlétique et dorée, dans cette jeune femme téméraire que tu es devenue, la Melissa de leurs souvenirs. Bien sûr, être loin de chez soi aide à se réinventer, et seul ton retour aura valeur de confirmation. Déjà tu ne dérives plus. Tu navigues. Sans carte et sans destination véritablement choisie mais au beau hasard des rencontres dont la dernière t'a conduite aux côtés de Ryan. Il semble redécouvrir le pays par tes yeux, commente et révèle ce que sans lui tu n'aurais sans doute pas vu. Il est un guide jamais ennuyeux qui sent quand le silence vaut mille explications.

Votre intimité est telle à l'issue de cette première journée que, lorsque vous vous arrêtez enfin dans un décor de film – motel, bar, liquor store et leurs enseignes au néon – surgi de nulle part, comme appelé par vos vœux, Ryan n'a pas besoin de réfléchir ni d'avoir ton approbation avant de demander, la voix éraillée de fatigue, au réceptionniste dont les yeux quittent à peine l'écran de son ordinateur, une chambre pour deux.

Les lits jumeaux sont restés séparés par une table de chevet contenant l'habituelle bible et un préservatif, négligence ou petit geste d'attention envers les clients qui se divisaient ici en deux catégories seulement : les voyageurs faisant halte dans le seul motel des environs, les illégaux, couples adultérins ou délinquants en cavale, cherchant la discrétion.

Ryan s'était révélé trop harassé pour convoiter autre chose qu'une pizza livrée à leur porte depuis on ne sait quelle gargote, partagée à même le carton (Melissa se demanda furtivement si la femme de ménage mangerait demain leurs restes froids) et le repos. Lui s'était endormi à l'instant où sa tête avait touché l'oreiller. Elle était encore en ébullition, se repassant en boucle paysages traversés et conversations, tâchait de décrypter les moindres gestes, les plus infimes allusions de son compagnon maintenant profondément endormi, et passait sans cesse de l'exaltation au découragement, s'en voulait de se trouver dans une telle attente. C'était plus fort qu'elle, la connivence constatée entre eux – miraculeuse à ses yeux, tant ils venaient de mondes différents – l'électrisait. Elle gisait sur le lit étroit avec son désir coincé sous la peau.

Sans oser encore lui confier ce qu'elle avait à expier, Melissa avait eu envie d'évoquer avec Ryan cette fameuse idée cheminant en elle depuis la tuerie de Pittsburgh. Elle avait auparavant sondé ses convictions quant à la question des réfugiés et de la prétendue menace qu'ils représentaient pour beaucoup d'Américains – rien de dépaysant d'un continent à l'autre : on redoutait partout l'étranger. Ryan apparaissait essentiellement soucieux de décence, ainsi qu'il l'exprimait. Ce qui signifiait pour lui soigner même les plus démunis et accueillir au moins ceux qui fuyaient la guerre ou une misère assez spectaculaire pour s'y apparenter. Il n'oubliait pas que sa propre famille avait été chassée d'Irlande par la famine et même si leurs racines tenaient désormais plus de la légende fondatrice, transmise d'une génération à l'autre, que d'un lien vivace, la mémoire du dénuement et de l'exil forcé ne s'était pas perdue avec leur ascension : la fratrie comptait deux médecins, une architecte, deux juristes et des entrepreneurs qui gardaient le cap dans les remous d'une économie brutale. Tous savaient que leurs aïeux avaient dû quitter les terres ancestrales et chéries, certes, mais stériles, alors, mais impropres à assurer la survie de la lignée. Et tous, à en croire Ryan, détestaient la vacuité de leur président. *He's got no vision, no opinion. Just a huge ego full of air. And definitely not an ounce of decency.*

— Je voudrais qu'on les voie, avait dit Melissa dans un moment de silence partagé avec la même évidence que les mots, tandis qu'un paysage de champs immenses déroulait autour d'eux son patchwork brun et vert. Je ne sais pas encore comment je vais m'y prendre mais je voudrais que personne n'échappe à leurs visages.

— Quels visages ?

— Ceux des disparus entre leur pays et le refuge qu'ils tentaient de rejoindre.

Et Melissa pensait : les visages de ceux qu'on a ignorés ou repoussés, le visage de celui que j'ai précipité vers sa mort. Si j'avais vu des visages au lieu de chiffres et de prétendus débats, je n'aurais pas pu faire ça, je ne me serais pas retrouvée à brandir ces banderoles, à défiler coude à coude avec les assassins s'assumant tels. Melissa pensait au petit visage inerte de Mehdi, s'était mise à pleurer sans que Ryan, délicat ou embarrassé, semblât le remarquer.

Il avait juste hoché la tête, laissant sa passagère imaginer qu'il acquiesçait à son idée, les prenait dans ses bras, Melissa et ses remords, Melissa se débattant avec ses fantômes. Pour cette nuit, elle devrait se contenter de cette impression d'étreinte.

Les journées suivantes se répétèrent plus ou moins à l'identique, en miles avalés sans hâte et vagues de paroles adressées l'un à l'autre ou perçant, telles des bulles légères remontées des nappes profondes, leur silence douillet.

Le périple aurait pu s'accomplir en seulement deux ou trois jours mais Ryan prenait son temps, semblait vouloir observer un rythme particulier, un rituel nécessaire avant d'intégrer sa nouvelle vie. Peut-être, ainsi que Melissa l'espérait, cherchait-il aussi à prolonger la parenthèse offerte par la présence de la jeune femme à ses côtés.

Ils s'arrêtaient fréquemment, visitaient les sites qui présentaient selon lui un intérêt, soit qu'ils racontent un pan de l'histoire américaine, soit que leur seule beauté justifiât à ses yeux une halte. Ils s'écartaient de leur itinéraire pour voir la brume se lever sur un lac ou faire quelques pas dans la forêt.

Les nuits n'étaient pas dépourvues de tension.

Le deuxième soir, après un vrai dîner, cette fois, de viande et de vin, Ryan s'était montré plus entreprenant avec Melissa. Il l'avait plaquée au mur et s'était jeté sur sa bouche à peine la porte de leur chambre refermée. Elle rechignait à l'admettre mais elle avait été déçue et blessée par le rapport mécanique, plus sportif qu'enflammé, qui avait suivi. N'avait pas aimé que le jeune homme guide d'autorité sa main vers sa verge dure sous le pantalon, aussitôt après son baiser. Elle avait pourtant fait taire ce qui regimbait au fond d'elle, tenait trop à son conte de fées pour se permettre la lucidité. Ryan avait joui assez vite en prononçant quelques mots crus et sans la regarder, la traversant du regard, plus précisément, comme s'il substituait intérieurement à la très jeune femme sous lui les images d'une quelconque poupée pornographique – ou d'un amour encore incandescent. Comme s'il ne pouvait s'autoriser l'acte qu'à cette condition, en le désincarnant. Il s'était ensuite écarté de Melissa, lui faisant quand même l'aumône d'une explication : il avait trop chaud. Il s'était endormi presque aussitôt, abandonnant sa partenaire intranquille et pas vraiment comblée à la vision de son dos tourné.

Au réveil, il n'avait montré ni gêne ni regrets mais pas davantage de tendresse. Ils avaient pris face à face leur petit déjeuner – méthodique et copieux pour lui, elle grappillant – puis rejoint la voiture comme si de rien n'était. Leurs silences, les premières heures, s'étaient juste faits un peu plus pesants. Pour Melissa, en tout cas, qui ressassait sa déception et se sentait vaguement humiliée malgré la courtoisie et la générosité de Ryan, que l'épisode de la nuit n'avait pas entamées. Elle savait que son malaise n'avait rien à voir avec l'aspect probablement éphémère de cette relation qu'elle peinait à qualifier. Elle avait, depuis son départ de France, connu quelques moments fugaces et sans engagements mais magiques et fervents, qui ne lui avaient pas laissé ce sentiment d'être consommée.

Toutefois, plus la journée avançait, plus l'inconfort se dissipait. Ils avaient déjà leur routine, plaisante, bercée par les étapes de leur progression vers l'ouest, un genre de pacte entre eux, conclu sans discussion, dont Melissa, tenue par l'espoir d'une évolution et se répétant que la pudeur, ou encore des expériences malheureuses qu'elle ignorait, pouvaient empêcher la tendresse, à fortiori l'abandon, fit mine de s'accommoder.

Dans la France où a pu exister une version de toi-même que tu as fuie – mais la fuite est-elle encore possible dans le monde connecté ? – continue de s'étendre, comme partout ailleurs, une pollution.

Tu étais enfant quand le présentateur d'un des premiers talk shows hexagonaux avait demandé à un homme d'État « Est-ce que sucer, c'est tromper ? ». Tu l'entends encore, le rire gras mais un peu gêné de ton père devant son petit écran – gêné parce que tu regardais à ses côtés, gêné parce que, drôle ou pas, la question s'adressait à un personnage public éminent et réservé dont la sphère intime n'était pas supposée concerner les spectateurs tels que vous, rendus voyeurs. Tu te souviens de ta propre sidération quand l'homme avait choisi de répondre à la question dont le sens t'échappait, mais pas l'indécence. Elle se lisait dans le sourire égrillard dudit présentateur, son air de prédateur repu.

Tu y avais souvent repensé, d'abord comme à un souvenir vaguement honteux alors que tu n'avais fait qu'assister, à sept ans !, à l'échange déplacé, puis volontairement, pour tenter de saisir la signification de sa persistance. Deux décennies plus tard, tu sais que ce moment de télévision censé appartenir au registre de la légèreté gratuite et sans conséquence, mais que quiconque l'ayant vu n'a jamais oublié, fut un point de basculement. Si l'homme mis sur le gril avait refusé de se prêter au jeu, s'il avait, pourquoi pas, quitté le plateau en expliquant ensuite pourquoi, s'il n'avait pas craint qu'on le taxe de pudibonderie dans une époque vénérant l'exhibition, peut-être que d'autres, ensuite, auraient imposé une limite claire entre le politique et le divertissant, entre l'information et le spectacle, entre le public et le privé. Les émissions de ce type se sont ensuite multipliées, noyant leur toxicité dans la fréquence et donc la banalité. Profitant de la complaisance d'un public vite accoutumé. Les réseaux sociaux s'ourdissaient dans l'ombre, seraient bientôt disponibles pour offrir un lit à ce flot qui allait tout emporter : vérité, discernement, critique éclairée. Marc est le rejeton de ce moment. Comme le sont tous ceux qui inondent le réel de petites phrases taillées dans la précipitation pour occuper l'espace, sans se soucier de cohérence ni des effets collatéraux, décuplés par la Toile, de leurs saillies.

Tout est abîmé : le débat, les manifestations, la démocratie. Tout est faussé par cette guerre incessante de phrases et d'images sorties ensuite de leur contexte, distordues à l'infini, reprises parfois d'un continent à l'autre et commentées jusqu'à l'usure. Une guerre que tu en étais venue à livrer sans autre motivation que la satisfaction de celui dont tu recherchais l'approbation et malgré le garde-fou de ta formation. C'est dire la puissance de propagation de ce fléau.

À moins d'une déconnexion radicale, impossible, où qu'on soit, d'échapper à cette grande machine à broyer la pensée. Or tu n'es pas prête à une telle révolution. Tu consultes encore régulièrement tes profils et fils d'info. Pour prendre des nouvelles de tes amis. Pour avoir l'illusion d'être informée. Tu prétends faire la part des choses et savoir où chercher des contenus fiables. Mais tout ce qui apparaît, même brièvement, s'imprime durablement. Tu as chaque fois l'impression en éteignant ton portable de t'extraire d'une fosse à purin. Et tu rêves de ne plus céder à la tentation d'y replonger.

Tu pressens toutefois que le déplacement, l'immersion dans les vies étrangères, mobilisant ton attention, te maintenant dans la permanence de la découverte, t'aideront à remporter cette bataille entre toi et toi. Tu ne l'as pas vraiment décidé mais tu n'as d'ailleurs pris aucun selfie ni publié de photo depuis que tu as quitté Key West. Quoi qu'il arrive dans ce temps suspendu, tu as envie de le garder pour toi. Vous débattez de ces questions durant des heures avec Ryan moins contaminé que toi, dont le portable, par choix – *Trump tweets, so I won't* – ne permet pas de se connecter et qui, du coup, minimise la menace que tu dénonces mais contribues à alimenter. Il relève en souriant cette contradiction, ne se prive pas de s'en amuser à tes dépens, mais sans sarcasme, en aîné bienveillant et aguerri, avec plus de tendresse que dans ses baisers.

Des baisers qu'il continue de distribuer avec parcimonie et sécheresse, comme on viendrait frapper à une porte, environ un soir sur deux. Rien de physique ne se passe entre eux dans la journée. Melissa avait bravé l'interdit jamais formulé et voulu, le cœur cognant fort, emmêler leurs doigts alors qu'ils contemplaient le ballet d'un banc d'oiseaux sur le lac au bord duquel ils s'étaient arrêtés pour manger les sandwichs achetés plus tôt. La main de Ryan était demeurée inerte dans la sienne. Melissa avait eu l'impression d'emprisonner une bête morte. Elle s'était maudite pour cette tentative de gamine pathétique.

Elle espère, chaque fois qu'il entreprend de l'approcher, un scénario différent, se prête à ce qu'elle aurait du mal à appeler un jeu et qui n'est pas non plus faire l'amour tant l'amour est absent, s'y prête sans souffrance mais sans joie ni plaisir et en serrant les dents. Chaque fois, selon le même enchaînement dont une part d'elle ricane, Ryan l'agrippe, lui mange littéralement la bouche et impose sa volonté en se persuadant sans doute qu'elle est partagée. Pour Melissa la limite est atteinte lorsque, la veille du dernier jour de route, avant de l'embrasser, Ryan presse un tube sorti de sa poche et dépose une dose de lubrifiant dans la paume de la jeune femme pétrifiée. A-t-elle tort de s'en offusquer ? Devrait-elle être aussi tranquille que lui semble l'être ? Elle a en tout cas l'impression d'être un corps outil, n'interrompt pas pour autant la succession prévisible des gestes jusqu'au dénouement heureusement vite atteint, mais prend à cet instant la décision solennelle de ne plus céder. Son propre désir, d'ailleurs, s'est envolé depuis le premier assaut, a laissé place à une simple envie de douceur et de proximité.

Elle reste toutefois attachée à ce qui se tisse entre eux au fil du voyage, accorde plus de valeur à l'intimité de leurs paroles légères ou graves, tandis que Ryan conduit ou lorsqu'ils font des pauses et poursuivent, la plupart du temps, leur conversation, qu'à celle, dissonante, triviale et sans élan de ces semblants d'ébats. Le terme anglais, *intercourse* dit au plus juste ces brefs rapports, cet échange froid et d'une neutralité troublante pour Melissa. Elle, est incapable de dissocier corps et fièvre, peau et vibration, y laisse des particules de confiance, des bribes d'âme. Quelque chose en elle s'use ainsi doucement, son socle, ses fondations, parcelle après parcelle. Si cela devait durer, elle craint qu'une brèche finisse par s'ouvrir, donnant sur le néant, une brèche par laquelle elle s'échapperait en dedans, risquerait de ne pas se retrouver.

L'heure revenue, elle résiste, donc, se découvre un instinct sûr et une volonté qui la sauvent. Le regard de Ryan change à l'instant où, dans sa chambre d'enfant préparée pour Melissa, elle se dégage de son étreinte plus timide – sa mère s'affaire en bas. Il est comme réveillé d'un songe lourd. La voit vraiment, la jeune femme dont il connaît un condensé de vie, pourrait l'aimer mais est conscient de tout ce qui ne peut exister entre eux, leurs trajectoires non pas opposées mais décalées, lui déjà *fait*, en quelque sorte, suivant sans hésitations la voie choisie, elle encore entre la chenille et le papillon. Il comprend que celle qui n'est plus une simple enveloppe de chair dans ses bras se refuse. Il n'insiste pas, met dans cette fameuse décence plus seulement revendiquée mais appliquée davantage de tendresse qu'il ne lui en a donné jusqu'ici.

I'm sorry, dit-il, avant de quitter la pièce. *I really am.*

Il vous restait très peu de route avant d'arriver à Tacoma. Jane vous a ouvert à l'instant où vous vous gariez dans l'allée, vous guettant sans doute derrière la porte depuis des heures, a pris son fils dans ses bras puis l'a repoussé pour l'examiner.

— *You're skinny*, a-t-elle dit plus réjouie que critique, car il lui appartiendrait d'y remédier.

Puis elle s'est tournée vers toi et t'a souri d'une manière si douce et bienveillante que tu t'es surprise à refouler des larmes. Tu as tout de suite su que cette femme allait compter pour toi.

Jane s'est effacée pour vous laisser entrer dans sa maison pleine de traces : partout des photographies de sa tribu, mari et parents disparus, enfants, petits-enfants, mille objets, cadres, tissus jetés sur les fauteuils élimés, livres ouverts, cornés, annotés, dans la cuisine les reliefs du dernier repas ou de la préparation du prochain, sur la table du salon, métal, verre et outils pour les vitraux que Jane confectionnait, courrier ouvert ou simplement entassé pour plus tard sous un presse-papier – un galet manifestement décoré par une petite main maladroite.

Tu as eu le sentiment, alors que Jane te faisait visiter son vaste nid déserté mais encore fourmillant des vies couvées, de déambuler dans la mémoire des Buckley. Tu as complété mentalement le tableau que Ryan avait commencé à peindre de sa famille pléthorique, as relevé le désordre ajoutant un charme un peu bohème à cet intérieur qu'on devinait composé par strates d'existence, à mesure des besoins et des envies évoluant avec le temps. Une patine harmonisait l'ensemble, mélange d'usure, de poussière dansant dans le soleil de novembre et d'odeur de fumée : le dernier feu de cheminée remontait à la veille et les bûches étaient prêtes pour le suivant.

Tu as subrepticement repensé à la maison du gourou en te demandant ce qui rendait celle de Jane, au contraire de la demeure impressionnante de Marc, aussi instantanément accueillante.

Jane vous a servi d'autorité un thé brûlant avant de te montrer où tu dormirais ces prochains jours. Elle affirmait avoir hâte que tu lui dises tout de toi et tu as cru sans réserves à l'intérêt chaleureux de cette grande femme volontaire, juste assez fantasque pour éveiller la curiosité en plus d'une sympathie et d'une confiance immédiates.

Alors que sa mère vous pressait de questions sur votre traversée du pays en voiture – ce qu'elle n'avait pas fait, regrettait-elle, depuis ses vingt ans, dans l'autre sens, en road trip de noces avec son tout récent époux –, revenait constamment à toi d'un regard enveloppant, tu avais perçu une modification chez Ryan, le début d'un repositionnement à ton égard, qui s'achèverait un peu plus tard, dans sa chambre, après un dernier sursaut. Tu entrais en quelque sorte dans la famille, et pas comme une compagne. Jane agrandissait pour toi le cercle de ses petits. Même si ce n'était qu'un passage, tu serais désormais intouchable. Et tu pouvais presque entendre Ryan, plus attiré par toi que jamais, tant la considération de sa mère te rendait éclat et profondeur, te redonnait, en quelque sorte, toutes tes dimensions, se sermonner.

Melissa se réchauffe des mois durant à l'affection de Jane. La jeune femme et la dame âgée deviennent vite l'une pour l'autre, sans contraintes ni préméditation, l'élément qui, à ce moment de leur existence, leur faisait défaut : mère, fille, complice, simple présence sachant garder silence ou au contraire rire, écouter, parler, saturer la maison du bruit des vies.

Jane enseigne à Melissa la confection de vitraux. L'élève prend plaisir à imiter les gestes lents et précis, à les répéter et les répéter encore, pour que seul le corps, à la fin, travaille. Elle aime ces matériaux récalcitrants, le verre fragile, le fer dur à plier. Peu lui importe le résultat, elle se redécouvre en enfant appliquée que rien ne peut distraire de son projet.

Elles font mille autres choses ensemble dans une joie constante : des courses en ville bras dessus, bras dessous en chuchotant, des balades interminables à travers champs et forêts où elles récoltent plantes, baies, fruits qu'elles mangent aussitôt ou jettent dans la poêle à peine rentrées. Elles ont souvent un petit avec elles, marchant fièrement entre grand-mère et tante nouvelle, ou, dans sa poussette, dévorant le paysage des yeux sans cesser de babiller.

Elles passent le monde en revue, ce monde terrifiant et beau dont ni l'une ni l'autre ne possèdent la clé. Un soir qu'elles regardent, fascinées par tant de bêtise et d'arrogance, une femme candidate à on ne sait quelle élection, dérouler son discours xénophobe, prônant repli et rejet, Melissa se lance. Sa peur de décevoir Jane, de lire le dégoût sur ses traits aimés, ne suffit pas à retenir l'aveu si longtemps différé. Elle raconte les mois qui ont précédé son départ de France, l'échec, la confusion. Elle essaie de reconstituer sans rien en atténuer la succession de cahots, de brimades, de déceptions mais aussi de malheureux hasards qui l'a précipitée dans les filets de Marc. Elle dit : Mehdi est mort à cause de moi. Tout lui paraît si étranger, si loin d'elle, qu'elle en parle comme d'une fiction à peine crédible.

Jane se contente de consigner ces confessions. N'absout ni ne condamne. Encourage seulement Melissa quand celle-ci évoque le blog des visages.

Leur compagnonnage ne vole pas en éclats.

Comme les autres membres de la fratrie, qu'elles visitent ou qui s'invitent de temps en temps dans la maison familiale, Ryan vient régulièrement les voir, au début. Puis de moins en moins. Il est un peu dépassé par l'entente régnant entre ces deux femmes. Il n'aura finalement été qu'une répétition, un maillon, indispensable, mais rien qu'un maillon dans l'enchaînement des rencontres jusqu'à celle-là, essentielle et lumineuse malgré l'écart des générations.

Il lui arrive encore de se sentir aimanté par la peau de Melissa, mais il dissimule autant qu'il le peut ce désir fugace et désormais incongru. Il fréquente à nouveau sa chérie du lycée, envisage fiançailles et installation, en parle pour étouffer dans l'œuf toute hésitation, avec un enthousiasme qui n'est pas sans égratigner Melissa. Elle ne peut deviner qu'elle recevra, des mois plus tard, une lettre d'adieu et de réparation. Elle a encore le regret ténu mais lancinant d'une histoire dont les promesses se sont dérobées sous ses pieds.

Elle trouve heureusement auprès de Jane, dans la belle et rare réciprocité de leur amitié, ce qu'elle ignorait chercher : une place qui ne tient ni au lieu ni à une fonction, une place forte, en soi, pour accueillir et se réfugier, une place ni prise ni donnée mais advenue.

TROISIÈME PARTIE

Les chemins

Jane avait dit qu'il était temps. Pour Melissa. De réintégrer sa vie. De faire quelque chose de tout ce savoir accumulé, enfoui aussi profond qu'un déchet hautement radioactif, comme s'il avait été responsable d'une forme de contamination qui l'avait désorientée. À quoi bon ce qu'elle avait consciencieusement appris, pensait de son côté Melissa, si cela n'avait pas suffi à la guider ou, pis encore, si de fil en aiguille, méthode et connaissances inadaptées au terrain professionnel l'avaient égarée ? Elle prétendait, de bonne foi, n'avoir rien retenu, littéralement, avoir laissé sombrer ce bagage encombrant, pour vivre plus présente et plus légère. Cela lui réussissait, clamait-elle : elle n'avait jamais été aussi heureuse et sereine. Elle en rajoutait bien sûr. Son intelligence, tel un muscle négligé, lui semblait fondre et cela l'inquiétait malgré elle.

Les deux femmes se disputaient à ce sujet. La Jane amie aurait bien gardé Melissa auprès d'elle. Une Melissa qui aurait renoncé à toute autre ambition que d'occuper humblement son temps ainsi qu'elle le faisait depuis son arrivée à Tacoma. Mais la mère en elle se désolait de voir la petite se gâcher, abandonner la belle mécanique de sa pensée à la rouille alors que, sous sa gangue, elle étincelait, Jane l'avait souvent perçu lors de leurs discussions. Melissa, disait-elle, se devait de trouver comment la laisser briller. On en avait besoin, en ces temps désespérants. Et tu as la chance de pouvoir encore choisir. Moi, à ton âge, j'avais déjà quatre enfants…

Jane avait une cousine en Alaska. Une chercheuse en biologie partie mettre son expertise au service d'une association locale. Jane n'avait pas d'emblée dévoilé ses intentions, s'était contentée de montrer à Melissa, qu'elle savait attirée par les grands espaces et sensible aux enjeux environnementaux, le site de Water Watchers. Elles faisaient défiler des heures durant les images d'animaux sauvages et d'étendues blanches. Dans la vraie vie, le mont Rainier enneigé était un rappel constant à l'horizon. L'idée avait fait son chemin.

Alison est intarissable. Après ses deux vols et les heures d'escale, Melissa lutte contre le sommeil tandis que la cousine de Jane déchaîne ce qui lui semble, à travers les brumes de la fatigue, une tempête d'informations, d'enthousiasme et de révolte. Paroles chaleureuses de bienvenue, présentation de la région, indignation face aux menaces pesant sur l'environnement, plan de bataille exalté, tout se mêle dans ce souffle continu qui fait vaciller la jeune femme hébétée par le voyage et la découverte d'un paysage auquel aucune photographie glanée sur le Net ne peut préparer.

Alison est venue chercher Melissa à sa descente d'avion. Quelques semaines seulement se sont écoulées depuis qu'elle a fait part de sa décision à Jane : elle suivrait son conseil et rejoindrait l'association de la cousine chercheuse. Elle espérait pouvoir se rendre utile et, dans tous les cas, cette nouvelle expérience, l'espace, la nature imposante ou du moins ce qu'elle en imaginait, les enjeux sur lesquels travaillait Water Watchers, l'aideraient à s'éloigner encore du marigot parisien. Même l'appréhension – elle partait seule, ignorait comment elle réagirait dans ces immensités froides, elle qui n'était jamais allée à la montagne – entretenait un feu intérieur où jeter les dernières traces de confusion et de désarroi.

Tout s'est ensuite organisé très vite, les membres de la petite communauté d'Homer se réjouissant d'accueillir une « étudiante » – c'est ainsi que Jane l'avait présentée. Française, qui plus est. Le compte à rebours déclenché, les deux amies ont savouré davantage encore chaque seconde passée ensemble, multiplié les expéditions en forêt, les visites aux amis et à la famille élargie, les soirées de lecture, de silencieuse communion. Jane avancerait à Melissa, dont le pécule avait fondu, les frais du voyage. Il n'y avait pas à discuter. Elle la rembourserait quand elle le pourrait.

Lorsqu'elle pose le pied sur le tarmac, en ce début du mois de mars, le semestre écoulé, cette longue parenthèse à Tacoma, s'est ramassé en un noyau dense qui bat dans sa mémoire comme un cœur de secours. Elle n'est ni assurée, ni tranquille, a du mal à se faire une idée précise de ce qui l'attend. Mais elle a appris à aimer cela aussi, cette incertitude, la recomposition entraînée par le déplacement, exigeant l'abandon aux promesses du monde.

Tu es le lapin dans les phares. Le jeune caribou, lui, furète à son aise devant toi.

Tu ne t'attendais pas à ce spectacle. Vous êtes entrées dans la maison d'Alison par l'avant, côté route. La vue est traversante. En pénétrant dans le salon tu es précipitée sur le rivage enneigé qui s'étend à l'arrière de la bâtisse, là où d'habitude, dans les lieux qui te sont familiers, on jouit d'une cour, d'un jardin, au mieux, d'une vue sur la mer dans le lointain. Si tu sors, tu te retrouveras nez à nez avec l'animal imposant et tranquille occupé à fouiller la neige et les rebords de la fenêtre. Quelques pas encore et tu seras sur la plage au milieu de nuées bruissantes d'oiseaux, la ligne des montagnes en guise d'insolite horizon.

Alison, que cette proximité du sauvage n'étonne plus depuis longtemps – tu l'apprendras plus tard, elle a enchaîné les missions dans les endroits les plus reculés de la planète –, continue ses explications, ta chambre, le fonctionnement des installations, la distance, à pied, qui vous sépare des bureaux de l'association. On t'équipera mieux pour le grand froid, et je te ferai visiter

Homer avant de te présenter à l'équipe, mais d'abord, va t'étendre un peu, *dear*. Tu dors debout. Au réveil, on mangera ! Je nous prépare un petit festin avec les spécialités locales, saumon, saumon et saumon, ah ah. Tu aimes ça au moins ? En même temps, tu ne peux pas savoir, tu n'en as jamais goûté d'aussi savoureux. Bon, pour le frais pêché, il faudra que tu restes dans les parages jusqu'à cet été. Mais les gens d'ici connaissent cent façons de le conserver pour en manger toute l'année. Tu pourras même en rapporter à ta famille quand tu rentreras en France, tiens !

Tu t'abstiens de dire que pour le moment, toute idée de nourriture te donne la nausée ou que ton retour n'est pas au programme. Rien de ce qui te parvient de France ne t'y incite. Les débats n'en sont plus depuis longtemps mais un cirque qui te fatigue et t'écœure. Qui produit des Marc à la pelle. La fin tragique de Mehdi a été recouverte par la multitude d'autres fins tragiques, sur les chemins d'exil, dans les conflits nourris un peu partout ou le déchaînement des éléments : montée des eaux, vents violents, feu vorace et trop étendu pour être combattu. Un nombre de morts inconcevable quand il est aussi important. Avec la répétition, mille, à force, égale zéro, frappe moins les consciences qu'une seule victime nommée, identifiée en tant que fils, fille, mère ou père. Montrer chaque visage, tu n'en démords pas… Au lit, jeune fille ! Je parle à un zombie. Tu obtempères sans te faire prier. Sous la couette, tu es assaillie par des pensées cavalant en tous sens, troupeau impossible à discipliner tant tu flottes, en cet instant, tant te manquent le cocon inattendu et béni de Tacoma et même tes parents qui, chaque fois que tu les appelles, t'interrogent, se montrent attentionnés mais inconsistants et hors de portée, évoluant dans une autre dimension ou comme si tu les inventais dans un rêve se dérobant à mesure qu'il se forme. Leurs voix pourtant claires résonnent étrangement. Vos conversations sont brèves et triviales : ta santé, tes projets immédiats, le temps qu'il fait. Quand ta mère dit, au milieu d'autres phrases et sur le même ton neutre, ton père est fatigué, ils éludent ensuite tes propres questions. Une inexplicable pudeur, due, peut-être, à l'éloignement, au fait que vous poursuiviez vos vies sans rien partager depuis bientôt un an, t'empêche d'insister.

Melissa jouit pour la première fois du bonheur d'être attendue mais sans pression.

La petite équipe de l'association l'a accueillie avec une chaleur sincère. On lui a expliqué – dans une drôle de cacophonie car chacun versait à tout moment sa part à la présentation fiévreuse de la situation – ce qu'on fait ici. Le récit des luttes, Sam coupant la parole à Sally complétant celle d'Ange qu'Alison à son tour poursuivait et ainsi de suite, dans l'odeur du café à disposition, virait à l'épopée.

Même si Jane lui avait plus ou moins expliqué à quoi les membres de l'association s'occupaient, Melissa n'avait pas manqué de faire ses propres recherches, retrouvant avec un certain plaisir ses réflexes d'étudiante méthodique et volontaire. Elle savait donc que Water Watchers avait pour mission principale la préservation des eaux occupant une grande part de l'immense territoire et plus particulièrement de la région d'Homer. Les ressources du golfe de Cook et son bassin versant, où réside la majeure partie de la population, suscitaient diverses préoccupations : son écosystème aquatique, principale source de richesses de la région, notamment pour les populations autochtones qui se nourrissent et font commerce du saumon, était l'objet d'une surveillance particulière. Or là comme dans d'autres parties du globe, un gigantesque projet d'exploitation minière inquiétait. Les associations locales livraient main dans la main une bataille acharnée, sans doute perdue d'avance, contre ledit projet dont la réalisation, toutes les études le montraient, déstabiliserait non seulement les environs mais la planète entière par répercussions. Face à la multinationale soutenant l'extraction à grande échelle – la mine à ciel ouvert serait la seconde plus grande du monde – au nom d'une forme de développement économique séduisant à première vue, promettant emplois et hausse du niveau de vie, mais aux conséquences durables désastreuses, Water Watchers et leurs pairs prônaient une présence responsable, la préservation d'activités traditionnelles ou leur renouveau, la subsistance comme mode de vie et non comme simple moyen de se nourrir.

L'équipe menait des milliers d'entretiens avec la population, accumulait des données et des témoignages pour consolider sa défense, organisait des manifestations, tâchait d'informer le plus largement possible.

Excitation et abattement se percevaient à dose égale entre les murs de la ruche. Dans ce contexte de flagrant déséquilibre des forces, toutes les bonnes volontés redonnaient du courage.

On ne fait par conséquent peser sur Melissa aucune injonction. On la couvre de livres et documents à compulser, l'invite à regarder des heures de vidéos, à suivre des dizaines de liens, avant de se joindre à leurs actions. Elle peut poser autant de questions qu'elle le désire. Et on attendra qu'elle se sente prête. Melissa découvre là une manière de fonctionner qui lui convient parfaitement, qui ne déclenche pas sa fameuse paralysie. Elle peut prendre le temps de couver les informations qu'elle assimile tout de même assez vite, car le réel est une illustration constante des théories et observations compilées. Elle deviendra opérationnelle à son insu, sans vraiment le décider, par émulation et nécessité.

C'est donc naturellement qu'on l'intègre peu à peu aux missions de terrain. Elle n'éprouve aucune appréhension, se laisse guider par la confiance qu'on lui porte. Elle a ainsi l'occasion d'interroger au sujet du projet minier les gens des environs. Ils composent une mosaïque d'âges, d'origines et de milieux, se prêtent tous au jeu. Melissa découvre avec bonheur qu'on lui parle aisément. Sa modestie et son petit accent français font merveille. On n'est pas face à un énième expert. Elle cherche. Elle veut comprendre et aider. Elle est humble et toute écoute, tâche d'aborder les questions sans idées reçues. Elle ne juge pas, entend les arguments de ceux que la perspective d'un travail et d'un regain d'activité économique réjouit. Dans ce cas, tente avec respect d'alerter sur ce que ce type de développement sans vision comporte de dangers. Recueille aussi les témoignages, plus nombreux dans cette région où l'attachement à des pratiques ancestrales est profond, de ceux qui s'en méfient ou n'en veulent tout simplement pas.

Elle aime qu'il soit si simple de se rendre utile et qu'il faille, pour cela, convoquer comme l'essence de soi : curiosité et réflexion, volonté tant physique que morale – on crapahute dans le froid, on attend que les langues se délient, on fait des kilomètres pour compléter telle ou telle étude – et pur bon sens. À maintes reprises, Melissa se dit qu'elle est, dans l'exercice, exactement là où elle doit être.

Mais ce qui l'enchante davantage encore et ouvre des immensités en elle, ce sont les expéditions d'observation, sur les lacs, dans les montagnes. Ange et elle forment vite un binôme solide qu'on prend l'habitude de solliciter en oubliant qu'ils ne se sont pas toujours connus, n'ont pas toujours agi ensemble avec tant d'harmonie. Lui est arrivé du Pérou quelques mois avant Melissa. Il y avait travaillé avec les populations indiennes confrontées elles aussi à des extractions destructrices. Il a grandi en Corse, dans une famille de bergers qui le sont encore, s'est intéressé aux questions d'environnement avec en tête l'idée d'être mieux armé pour œuvrer à la préservation de l'île aimée. Il est terrien, planté droit, gestes et paroles économes, grave par lucidité et solaire par éblouissement. Gourmand du monde. Son regard est un révélateur de beau. Plus Melissa le côtoie plus elle se découvre elle aussi une aptitude à voir et entretenir le merveilleux. Le cadre dans lequel ils évoluent durant les quelques mois qu'ils passent au sein de Water Watchers est propice à une telle inclination. Comment ne pas s'exalter face à de tels paysages ? Comment ne pas être amusé et ému à la vue d'une loutre dérivant avec son petit vautré sur son ventre comme un ado dans un canapé ? Comment ne pas se sentir béni quand on croise un élan et trois aigles sur le chemin du bureau ?

Ange et Melissa partagent un territoire de lutte et d'émerveillement, l'arpentent ensemble ou séparément mais toujours avec la certitude de pouvoir s'y retrouver. C'est mieux qu'un rêve commun car c'est au présent et dans la réalité qu'ils le partagent. C'est un trésor amassé sans rien prendre à personne, en donnant, au contraire, de leur temps, de leur force, de leur attention. C'est un amour, aussi, qui n'a pas à se dire, qui grandit au-dedans d'eux, les déborde, les étreint, intime à Ange de suivre Melissa quand elle doit soudain rentrer en France enterrer son père.

Et puis j'arrive à nous
mon antre
et l'oubli des frontières
à nous nos ventres
pays fiers, terres abondantes

À ta peau je respire
À ta bouche
À l'enchevêtrement des souffles
emmêlés aux mots
arrimés aux membres
Je respire à la percussion des sangs

Dans l'emportement d'âme à corps
la dilatation
je trouve un lent repos
et l'heureux égarement

Je nous atteins
destination apparue soudain
itinéraire révélé de l'élan

Là ma naissance
Mes peurs en paix
Le refuge tant attendu
de fusion vagabonde
de fertile affrontement

Un ancrage
à l'endroit de nos mains
au lieu d'étreintes de nos noms
d'où vivre
et confier la guerre
au chant profond

Tant qu'ils sont minuscules sous le ciel immense, dans les lieux qu'ils parcourent en compagnie des bêtes et du vent, peut-être sentent-ils le début d'un désir mais il se dilue dans l'air autour d'eux, se perd et affleure encore à la faveur d'un rire ou d'un rapprochement, s'éparpille à nouveau. Peut-être aussi chérissent-ils cette éclosion qui n'en finit pas, cette promesse emportée partout avec eux. Ils n'ont aucune hâte, contemplent un horizon secret.

Il faudra un espace clos pour qu'à la seconde ils ne tolèrent plus la moindre distance entre eux.

Toute l'équipe s'est retrouvée dans un bar après des heures particulièrement éreintantes, à distribuer des tracts et donner de la voix devant le siège de la compagnie minière sans foi ni loi. Melissa, qui a trop et trop vite bu, titube joliment et Ange a proposé de la raccompagner chez Alison. Il l'a soutenue dans l'escalier qui mène à l'étage. Elle était bavarde et facétieuse. Il était de plus en plus silencieux : il craignait en ouvrant la bouche de libérer un rugissement, était sidéré par la sauvagerie de son appétit, soudain.

Quand ils se sont retrouvés sur le seuil de la petite chambre, ils ont vacillé en même temps, elle d'ivresse et lui assailli par des visions de déchaînement. L'instant d'après, ils se fondaient l'un dans l'autre sur le lit étroit, traversaient peau et chair jusqu'au feu dévorant et ce fameux trésor qui tout ce temps les attendait : la soif et la faim impérieuses, leur assouvissement et aussitôt la vague qui revient, aussitôt l'appétit et l'urgence de la fusion.

Leur première nuit les emporte aux confins d'un monde qu'ils dessinent en ne retenant rien de ce qui les soulève. La pudeur n'existe pas. La mesure non plus. On se prendra jusqu'au matin. On n'aura pas dormi ou une seconde, le temps de rêver qu'on s'ouvre grand face à un soleil radieux. On aimera même la fatigue et les membres comme battus.

Dans l'avion pour la France, Melissa, qui veut être accueillie par lui tout entière, raconte à Ange après mille autres choses, la mort de Mehdi.

Il ne dit pas tu n'y es pour rien. Il ne dit pas tu n'as rien à te reprocher.

Il dit que la Melissa d'alors était un brouillon.

Tu as eu raison de partir. Tu n'as pas fui, tu t'es éloignée pour souffler, d'accord, mais surtout pour mieux voir. Tu n'as rien effacé. On ne peut pas effacer ça. On ne doit pas. Grâce au voyage, aux rencontres, à la possibilité d'être soi sans se conformer à des normes ou des injonctions, tu t'es débarrassée de tout ce qui brouillait ta perception. La Melissa que je connais ne tomberait jamais dans les filets d'un gourou du dimanche. La Melissa que je connais est tombée dans les bras d'un type pas bavard qui déteste attirer l'attention (sauf la tienne et encore, heureusement que ça s'est fait comme ça s'est fait, j'aurais été capable de partir en courant, sinon, sauvage comme je suis). Un type descendu de sa montagne et pas fichu de prendre la parole devant plus de trois personnes à la fois. Je ne serais jamais tombé fou amoureux de la Melissa que tu as laissée derrière toi. Celle que j'aime et veux emmener dans mon royaume de rocaille et de vent marin est la Melissa qui dormait au fond de toi, la petite fille qui se faisait gentiment réprimander par sa mère parce qu'elle rentrait de la terre dans la maison quand elle revenait de balades en forêt avec son papa.

À l'évocation de son père mort loin d'elle, mort où elle n'était même pas en pensées, en tendresse, en préoccupations, Melissa sent des digues lâcher. En elle se mélangent un chagrin doux et la certitude que sa main dans la main de cet homme, elle sera toujours où elle doit être. Elle confie alors à Ange son projet, celui qui la porte depuis des mois : elle collectera et mettra en ligne pour qu'on les voie les visages des morts sur les chemins d'exil. Le premier sera celui, minuscule et déjà connu, de Mehdi, et leur trajectoire, à lui et sa mère. Elle lancera un appel. Elle espère que des milliers suivront. La vision qu'elle poursuit en secret est une mosaïque de visages d'avant le malheur et l'effacement, saisis dans la banalité de leur quotidien.

Ange approuve d'un sourire, tourne un instant son regard vers une galerie intérieure où s'affichent déjà les vies croisées sur sa route, leur élan brisé. Cet espace d'incarnation et de recueillement, ils l'inventeront ensemble.

Quelque part entre Anchorage et Paris, une confession appelle des confidences, qui entraînent des déclarations. Ange a déjà parlé de son île à Melissa mais c'est lors de ce vol qu'il lui en fait don. Il raconte les étés passés pieds nus la plupart du temps, à grimper sur les rochers et remonter les rivières, à aider ses parents avec les bêtes, à saluer chaque jour la majesté des lieux. En grandissant, l'enfant-chevreau a dû renfiler des chaussures et se frotter plus souvent et plus longtemps à la tension des villes où on l'envoyait se former. Il n'en a pas détesté l'énergie ni l'anonymat mais finissait toujours par y dépérir. Alors il regagnait son repaire, absorbait pour ainsi dire par la peau les odeurs, les paysages, les « r » roulés des vieux, leurs querelles et leurs chants. Prenait aussi de plein fouet la violence enracinée, les affronts de béton un peu partout. Comme Melissa, il est parti. A pris du recul, lui aussi. Suffisamment pour ne plus hésiter : il rentrerait bientôt chez lui, reprendrait la bergerie tenue provisoirement par un oncle convaincu, ce vieux filou, qu'il reviendrait.

Entre-temps Melissa était apparue. Lorsqu'ils menaient des missions ensemble, il l'observait à la dérobée, relevait en quelque sorte les contours, les gestes de la jeune femme et la redessinait dans le décor familier, la promenait sur le rivage au couchant ou dans l'ombre du maquis, voyait sa silhouette se découper sur le seuil de la maison familiale aux volets fermés depuis la mort à deux ans d'intervalle de ses parents. Melissa allait bien à sa terre. Avant de quitter Homer, Ange lui avait proposé mieux qu'un mariage qui viendrait peut-être : une place à ses côtés là où il comptait passer le reste de sa vie. Elle ne connaissait pas l'île mais elle l'aimait lui, qui aimait sa terre plus que tous les lieux du monde où il s'était rendu. Elle avait dit oui.

Kiki, Garance et toute la petite bande de bras cassés sont venus t'aider à enterrer ton père. Tu t'étais préparée à affronter l'épreuve seule, étais encore hébétée par l'annonce brutale, survenue quelques jours plus tôt.

Tu avais vu le numéro de ta mère s'afficher au milieu de la nuit et ton ventre s'était contracté. Elle n'avait pas dit *bonjour* ni *comment vas-tu ma fille ?* mais *ton père est mort à l'hôpital ce matin* et tu avais entendu, superposée à la phrase-flèche, *ton père est fatigué*. Elle avait ensuite demandé si tu allais pouvoir rentrer pour l'enterrement prévu deux jours plus tard et tu aurais voulu lui crier d'arrêter, de se taire, de te laisser quitter les cordes où tu recevais, impuissante et désolée, coups après coups. Tu aurais voulu revenir en arrière, insister pour avoir des explications. Fatigué pourquoi ? Fatigué comment ? Mais on en était aux funérailles.

Ange avait organisé votre départ immédiat, t'assurant qu'il songeait à quitter l'Alaska depuis longtemps et qu'il était heureux de t'accompagner. Tu aurais voulu, au commencement de votre histoire, ne pas l'écraser ainsi mais il semblait absorber ta douleur et ses conflagrations comme il le faisait de toutes perturbations : en roc, en arbre solide et droit.

Tu n'avais prévenu personne, n'avais pas donné de nouvelles depuis une éternité et tu te demandes encore comment tes amis avaient su où et quand te rejoindre mais ils étaient là, au bord de la tombe où l'on descend maintenant ton père.

Tu n'es que de passage sur le continent. Ange et toi partirez dans quelques jours pour le village où il est né. Tu ne reprendras pas tes habitudes anciennes, ici ou à Paris. Tu es pourtant infiniment reconnaissante à la petite bande d'avoir accouru sans même un signe de toi. Ce ne sont pas encore des retrouvailles, toutefois. Vous réservez les récits pour l'île, où ils seront les bienvenus dès que vous serez un peu installés.

Il vous faut d'abord entourer ta mère, qu'une bravoure entêtée empêche de libérer sa peine. Elle reçoit droite et bien mise les condoléances de la maigre assemblée, membres de la famille, anciens collègues, voisins et amis. Elle a préparé, chez elle, de quoi ravitailler ceux qui souhaiteront prolonger l'hommage à un homme unanimement salué, tu en es un peu surprise et surtout émue, pour sa bonté et sa discrétion. Tu la vois s'affairer, raide et digne. Sèche même, avec toi qui as bien du mal à apporter le réconfort prévu, qui restes penaude avec ton chagrin sincère et ta volonté de te rendre utile. Elle écarte d'un geste toutes tes attentions. Tu comprends qu'il va te falloir batailler ferme pour toucher au tendre sous l'armure qui seule la tient debout. Mais tu es confiante. Tu as surpris entre Ange et elle un début de connivence, as été stupéfaite d'entendre ta mère rire à des plaisanteries dont tu ne le pensais pas capable, d'un rire inédit et scintillant dans ce moment de deuil. Il saura, l'air de rien, faire tomber les murs que des années d'éloignement succédant à une enfance marquée par la pudeur ont dressés entre vous. Tu n'as pas besoin de le lui demander. Il est naturellement porté vers cette femme vaillante qui rudoie par affection. Elle appartient à la même espèce que sa mère disparue.

La haute maison de pierres grises sent la poussière et le feu de bois.

Il a fallu, avant de la voir se dresser à flanc de colline, suivre des lacets longeant la côte, franchir deux cols et tourner ensuite le dos à la mer le temps d'arriver au bout d'un chemin de terre ocre creusé par les pluies.

Ne te retourne pas, a intimé Ange tandis qu'il ouvrait la vieille porte sculptée sans lâcher la main de Melissa encore éblouie par la splendeur des paysages traversés, les voyant toujours défiler. Heureuse de se laisser sagement guider, gestes économes et mots comptés afin de ne pas déranger l'harmonie qui régnait entre eux depuis leur arrivée.

Un lézard assoupi sur le mur de l'entrée disparaît dans un interstice en entendant leurs pas.

Ferme les yeux et suis-moi.

Il a tiré Melissa vers lui sans pivoter, l'a collée à ses reins à lui en la retenant serrée d'une pression sur ses reins à elle. Ils ont avancé ainsi, créature aux corps emboîtés, ont heurté le coin d'une table en pouffant malgré la solennité du moment, trébuché sur les plis d'un tapis avant de s'immobiliser.

Ne bouge pas.

Elle a entendu qu'il ouvrait une fenêtre, reconnu le grincement de lourdes persiennes déformées par l'usure et l'humidité, a senti la tiédeur s'engouffrer, deviné la lumière à travers ses paupières. Il s'est écarté pour qu'elle puisse s'accouder au rebord, à côté de lui.

Maintenant.

Elle voit d'abord de la couleur pure. Du vert et du bleu sous un voile d'or, des taches roses, jaunes, mauves, les virgules noires d'oiseaux volant haut.

Elle respire, avale, dévore l'air iodé, le parfum épicé des immortelles jonchant la pente douce jusqu'à la mer. Le paysage est tel qu'Ange le lui a décrit : le maquis dense, troué de roches rouges ou blanches, la lande blonde, la Méditerranée radieuse et le soleil triomphant. Sur le côté, à condition de se pencher un peu, une ligne de montagnes aux sommets encore enneigés.

Bienvenue chez nous, dit-il, en désignant de la main, en une trajectoire ample et tranquille, le pays de son enfance et de leur avenir heureux.

Remerciements

Merci à mon Anton pour ses récits, ses photographies et son mémoire inspirants sur l'Alaska.

Merci à mes parents, à Frédérique, à Christophe pour leur lecture du manuscrit à peine achevé. Ces premiers regards sur un texte encore vulnérable sont décisifs. J'ai la chance que mes êtres chers s'y attellent avec exigence et bienveillance.

Merci à la non moins exigeante et bienveillante Juliette Joste, mon admirable éditrice, ainsi qu'à toute l'équipe Grasset.

Merci à Déborah Lévy-Bertherat de m'avoir invitée à animer une masterclass dans cet impressionnant lieu d'excellence qu'est Ulm, et aux formidables étudiants qui l'ont suivie. J'ai sans doute bien plus appris qu'eux en les accompagnant. Ce roman leur doit beaucoup.

Merci à Nathalie N., son parcours singulier, la force de ses amours.

Merci à la Corse, ma terre choisie.

On peut écouter une lecture musicale du poème de la page 130 en suivant ce lien :

https://youtu.be/8OWeY9V95Do

Cet ouvrage a été imprimé
par CPI Bussière
pour le compte des Éditions Grasset
à Saint-Amand-Montrond (Cher)
en janvier 2021.

Composition Maury-Imprimeur

N° d'édition : 21842 – N° d'impression : 2055379
Dépôt légal : février 2021
Imprimé en France